転生した大聖女は、聖女であることをひた隠す ZERO 4

十夜

Illustration chibi

あらすじ

「君がセラフィーナだな。シリウス・ユリシーズ、君の従兄だ」
幼い精霊たちとともに、森の中で過ごしていた6歳のセラフィーナのもとに、
若き騎士団副総長、シリウスが訪れる。

ある事件をきっかけに、規格外の能力を発揮したセラフィーナは
シリウスとともに王都で新たな生活を始めるのだった。

シリウスや騎士たちと楽しい日々を過ごすセラフィーナ。
シェアトたち元第一騎士団の面々が古巣の騎士たちと乱闘騒ぎを起こし、
その影響で実家に帰れなくなったミラクを助けるため、セラフィーナは
一緒にミラクの実家へと同行することに。

ミラクの実家、ガレ村では「ガレ金葉」と呼ばれる特別な薬草を栽培していたが
その薬草を失ってから村の空気は悪くなっていて――。
ミラクや村人のために「ガレ金葉」を探すことに決めたセラフィーナだが
探しに出た森で3人の兄たちが魔物に襲われているのを目撃し……!?

登場人物紹介

セラフィーナ・ナーヴ

深紅の髪と黄金の瞳を持つ
ナーヴ王国の第二王女。
精霊に愛され、まだ幼いにもかかわらず、
聖女として規格外の能力を持つ。

シリウス・ユリシーズ

弱冠19歳にしてナーヴ王国角獣騎士団の副総長であり、ユリシーズ公爵家の当主。国王の甥でもある銀髪白銀眼の美丈夫で、王国一の剣士。

セブン

セラフィーナが契約している精霊の少年。

カノープス・ブラジェイ

少数民族である「離島の民」の青年。セラフィーナの護衛騎士に選ばれ、彼女に忠誠を誓う。

シェアト・ノールズ

第一騎士団に所属していたが、赤盾近衛騎士団に異動となる。赤と黄色の髪を持つ、明るくお調子者の騎士。

ミラク・クウォーク

第二騎士団に所属していたが、赤盾近衛騎士団に異動となる。小柄で童顔の、面倒見の良い騎士。

ミアプラキドス・エイムズ

第一騎士団に所属していたが、赤盾近衛騎士団に異動となる。精悍な顔立ちの大柄な騎士。

ファクト・ジー

第一騎士団に所属していたが、赤盾近衛騎士団に異動となる。「嫌味外交担当」という渾名を持つ、弁の立つ騎士。

ルド

セラフィーナが森で出会い、こっそり庭で飼っている黒いフェンリル。

登場人物紹介

・プロキオン・ナーヴ
セラフィーナの父。国王。

・スピカ・ナーヴ
セラフィーナの母。王妃。

・ベガ・ナーヴ
セラフィーナの兄。第一王子。

・カペラ・ナーヴ
セラフィーナの兄。第二王子。

・リゲル・ナーヴ
セラフィーナの兄。第三王子。

・シャウラ・ナーヴ
セラフィーナの姉。第一王女。

・ウェズン・バルト
ナーヴ王国角獣騎士団総長。
豪快な性格で人望があるが、書類仕事が苦手。

・デネブ・ボニーノ
第二騎士団の団長だったが、
その任を解かれ赤盾近衛騎士団の団長に任命される。

・オリーゴー
セラフィーナがセト海岸で出会った精霊の少年。
その正体は初代精霊王。

ナーヴ王国王家家系図

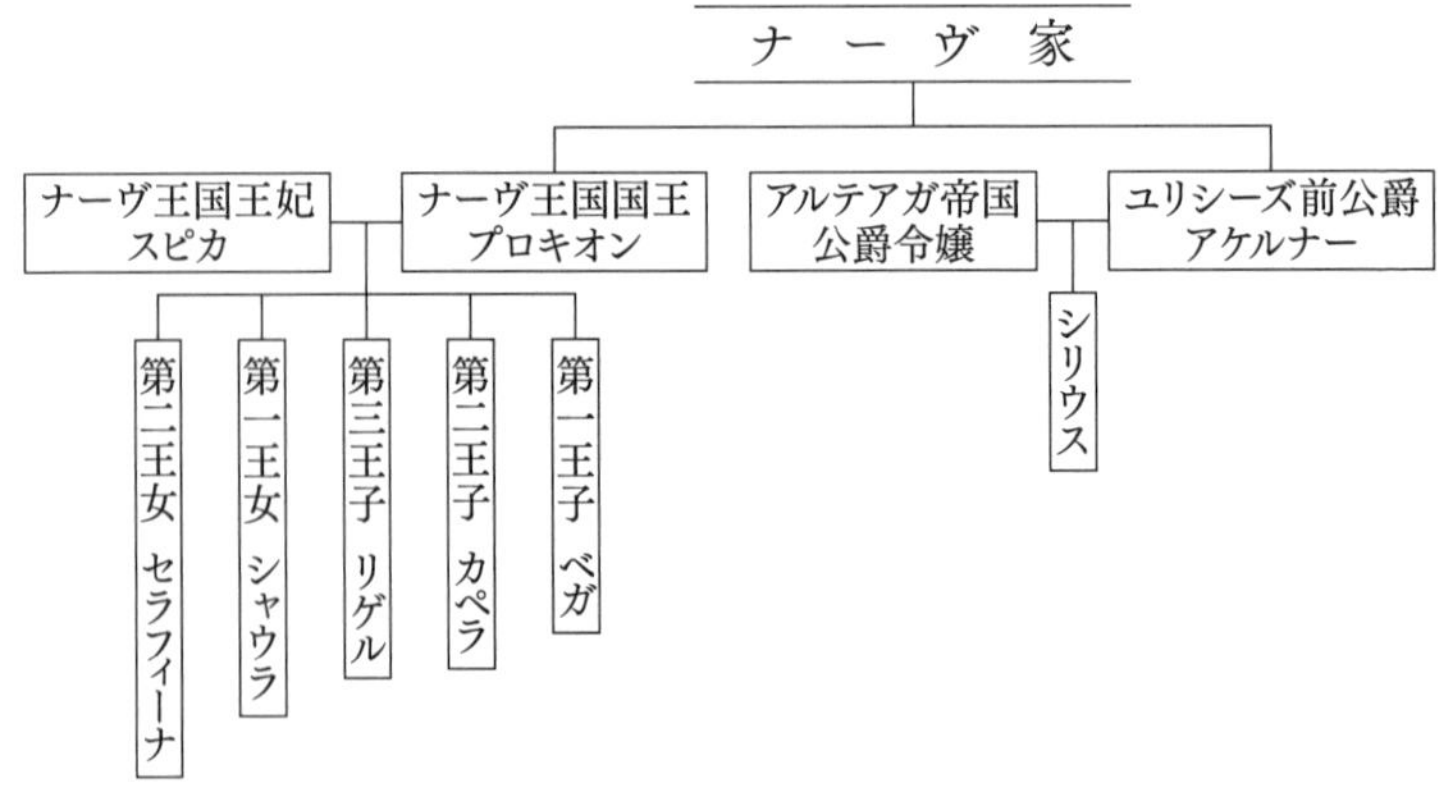

ナーヴ王国騎士団表

総長 ウェズン・バルト

副総長 シリウス・ユリシーズ

ナーヴ王国角獣騎士団

騎士団	団長	副団長	団員
第一騎士団（王族警護）	カウス・アウストラリス		ルクバー・ヘインズ
第二騎士団（王城警備）			
第三魔導騎士団（魔導士集団）			
第四聖女騎士団（聖女集団）	アダラ	ミルファク	
第五騎士団（王都警備）			
第六騎士団（魔物討伐、王都付近）			
第十一調査騎士団（魔物の調査、西方）			

赤盾近衛騎士団

団長	副団長	団員
デネブ・ボニーノ		シェアト・ノールズ ミラク・クウォーク ミアプラキドス・エイムズ ファクト・ジー サドル カノープス・ブラジェイ（護衛騎士）

WORLD MAP

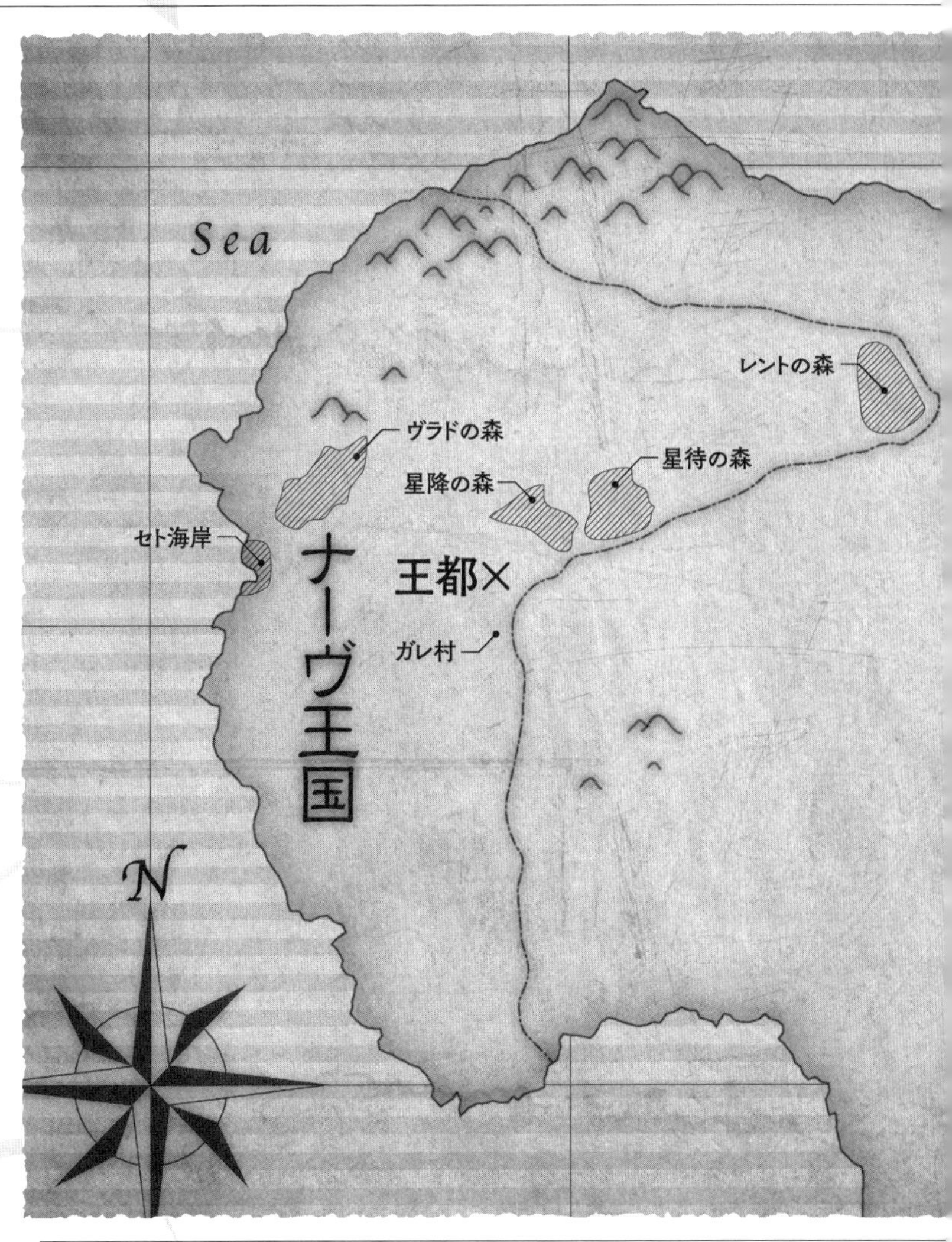
Sea
レントの森
ヴラドの森
星待の森
星降の森
セト海岸
ナーヴ王国
王都×
ガレ村
N

CONTENTS

The Great Saint who was
incarnated hides being a holy girl ZERO

【ＳＩＤＥシリウス】王の個人的な相談

その日は月に１、２度ある、王の『個人的な相談の日』だった。

オレは王の私室にある長椅子に座り、王と２人で酒を酌み交わしていた。

王妃が王に冷たくあたる話や、第一王女が王を尊敬していないことについての愚痴を聞き、随分酒が進んだところで、王が苦悩する声を上げる。

「私は息子たちの育て方を間違えたのだろうか？」

気落ちした様子でグラスを握り締める王を見て、オレは何と返したものかと一瞬躊躇(ちゅうちょ)した。

しかし、結局は正直な感想を口にする。

「そうでもあるし、そうでもないのでしょう。結局のところ、王がどれほどのものを与えたとしても、取捨選択してつかみ取るのは王子たちです。王子たちは十分な愛情と教育の機会、様々な経験を与えられました。それらから何を受け取り、学ぶかは彼らの資質と個性と気概によるものでしょう」

「そうか」

納得するものがあったのか、王は短く相槌を打つ。

「一方、王は王子たちの前でも普段通りであり過ぎました。褒めるつもりはありませんが、実際の王は聡明で、物事を深く考え、何かを判断する際には多くの材料を集めたうえで行います。しかし、王の本質を知っている者は多くない。それは、王が自らを軽く見せようとしているからですが、大半の者は王の軽い言動と物腰の低さを見て、王の思惑通りそちらが王の本質だと考えます」

「うーん、何というか、私は軽く振る舞っている方が楽なのだよ」

王は言い訳のような言葉を口にしたが、オレは返事をすることなく言葉を続けた。

「恐らく、王子たちも同様でしょう。『王はさしたる努力もせず、楽しそうに政務を行っているが、それでも王政は上手く機能している。自分も同様にやればいい』と考えたとしても、不思議はありません」

オレの言葉を聞いた王は、唸り声を上げる。

「あぁー、お前の推測は非常に的確だな！　あの3人ならば、お前が言った通りのことを考えそうだ」

王は自分の顔を撫でつけると、ぐいっとグラスいっぱいの酒を呷った。

「つまり、私は息子たちに王としての苦労をもっと見せるべきだったのだな！　いや、まだ遅くはないはずだ。今後はあの3人を定期的に呼んで、王としての苦労話を聞かせることにしよう。いやいや、実際に政務をしてみせてから、仕事の振り返りを行う方が効果的か？」

次々と新たな提案を口にする王を、オレは無表情に見つめる。

「……結局は本人の資質と意識の問題です。どれだけ手厚くしたとしても、全ての物事への対応を一つ一つ教えることはできないのですから」

王はオレの発言の真意を考えるかのようにしばらく押し黙った後、真顔でオレを見つめてきた。

「シリウス、お前はあの3人は上に立つ者としての資質に欠けると思っているのか？」

ストレートな質問だったが、上に立つ者にも色々なタイプがあるため、一概に答えることはできないと正直に答える。

「全てのタイプの王を知っているわけではないので、その問いに答えることはできません。しかし、大衆に受け入れられるステレオタイプな王の姿としては、今のところシャウラ第一王女が一番近いかと思います。3人の王子と同じものを見ているはずですが、彼女は王の本質を摑んでいるようですし、自分を高めるために日々研鑽に励んでいますから」

オレの言葉を聞いた王は、深いため息をついた。

「……お前はよく人を見ているな。私の感想も全くもって同じだよ」

そう言うと、王は両手で顔を覆う。

「ああー、私は酔っているから告白するが、私の兄弟はお前の父親であるアルケナーの他に、もう1人いたんだよ。20歳になる前に亡くなったから、誰も話題にしないがね。その弟は努力嫌いの遊び人で、王族としての資質に欠けていた。お前の父親は非常に立派だったたし、私も及第点は取っていたから、同じように育てられてもこれほど差が出るのかと驚いたものだよ」

それから、王は顔を覆っていた手を下にずらして目元を見せると、オレをじっと見つめてきた。

「3人の息子たちは、その享楽的だった弟に似ているのだ。もちろん血によってその者の性質が全て決まるわけもないから、教育の仕方によって差が出るのかもしれないと考え、ベガには厳しく、カペラには褒めて伸ばす形で、リゲルにはやりたいことをやらせる手法の教育を与えたが、出来上がりは3人とも同じようなものになった」

王の言いたいことは理解できる。

王の息子たちは3人とも努力嫌いでプライドが高く、些細なことで苛立つ傾向があり、次期国王に相応しい性質だとは言いづらかったからだ。

「シリウス、言うまでもないことだが、ここにいるのは伯父である私と甥であるお前の2人だけだ。耳障りのいい言葉や、毒にも薬にもならない気を遣った言葉はいらない。私はどうしたらあの3人に、王族として正しい考え方や態度を身に付けさせることができるのだろうか」

「最終的に必要なのは、本人の気付きとやる気です。が、それを呼び起こさせるものがあるとすれば……」

「あるとすれば?」

期待するような表情で答えを待つ王に、オレは1つの提案をする。

「危機的状況に陥ることでしょう」

「危機的状況だと!?」

思ってもみなかった言葉を聞いたとばかりに目を瞬かせる王を前に、オレは言葉を続けた。

「命の危険にさらされ、王子として与えられた身分や立場といった全てのものが役に立たないと分かれば、あるいは、自分に不足している能力が分かれば、少しは考えを改めるのではないでしょうか。『死にたくない』というのは強い感情です。実際に、戦場で死ぬような体験をした騎士たちの多くは、その後、人が変わったようになりました」

ギリギリのところで命が救われた騎士たちを見てきたが、その前と後では戦いにおける真剣さがはっきりと変わったのだ。

「……そうか。なかなかに荒療治ではあるが、それくらいのものがあの3人には必要なのかもしれないな」

ため息をついた王だったが、次の瞬間、何か吹っ切れたような表情でオレを見てきた。

それから、脈絡なくオレを褒め始める。

「ところで、シリウス、最近のお前は男っぷりに凄みが増したんじゃないか？　お前をモデルにしたイケメン公爵の本がベストセラーになったらしいし、女性読者たちは本の中の公爵とお前を結び付けて、さらにお前に夢中になっていると聞いたぞ！　実際、これほど有能ならば、人気の高さも頷けるというものだな」

王がオレを褒めるのは、何か要望がある時だ。

そして、今日は普段以上に褒め言葉が多く出たため、用心して手に持っていたグラスをテーブルの上に置く。

そんなオレに向かって、王は予想通りにこやかな表情を浮かべると、望みを口にしたのだった。

「シリウス、1つ頼みがあるんだ」

セラフィーナ、ピンチ状態の兄に遭遇する1

その日、私はカノープス、ミラク、シェアト、ファクト、ミアプラキドスの5人の騎士とともに、『星降(ほしふり)の森』に来ていた。

というのも、近衛騎士の1人であるミラクが探している『ガレ金葉』が、この森にあるかもしれないという情報を入手したからだ。

お目当ての場所に到着し、金色っぽい何かが見えた気がした途端、フェンリルの遠吠えが聞こえてきたためびくりと体を強張(こわば)らせる。

驚いて顔を向けると、5、6頭ほどのフェンリルが、10人近い人々を取り囲んでいる光景が目に飛び込んできた。

よく見ると、取り囲まれた人々はとってもよく知っている者たちで――――私の3人のおにー様とおにー様を護衛する騎士たちだった。

想定外の場所でおにー様たちに遭遇したことにびっくりし、私は隣にいるカノープスの騎士服を摑むと焦った声を上げる。

「ままま、まずいわ！　おにー様たちが魔物にかこまれているわ!!」

けれど、いつだってクールなカノープスは一切慌てる様子を見せずに頷いた。

「そうですね、王子たちが魔物に囲まれていますね」

「えっ、あの、落ち着いているのね」

王国騎士にとって、王族は命懸けで守る対象だ。

そのはずだけど……どういうわけかカノープスだけでなく、他の騎士たちも動く様子を見せず、助けに入ろうとはしなかった。

「ええと、あの、おにー様たちを助けに行かないの？」

不思議に思ってカノープスに尋ねると、私の護衛騎士は表情を変えずに返事をした。

「私はあなた様をお守りすることが任務です。自主的に王子たちを助けに入り、結果としてセラフィーナ様を危険にさらすことになれば本末転倒です」

「そ、そうなのかしら。いや、でも、ミラク……」

カノープスが折れる様子を見せなかったのでミラクに視線をやると、彼もカノープスと同じような表情をしていた。

「僕はカノープスが完璧な回答をしたと思います」

「えっ！」

王国騎士の職務に一番忠実そうなミラクまでもが、おにー様たちを救うことを拒否したわよ。

シェアトとミアプラキドスはこの場合役に立たなさそうだから、私に残されたのはファクトだけだわ。

「ファクト、目の前でおにー様たちがけがをしたとしたら問題よね？」

ファクトは片手で眼鏡を押し上げると、冷静な口調で返事をした。

「一切問題になりません。そもそもセラフィーナ様に対する王子たちの無作法さは目に余っていました。私は王国騎士という立場を弁(わきま)えているので、『ざまーみろ！』とは言いませんが、日ごろの行いが悪過ぎるので、わざわざ助けに入ろうとはこれっぽっちも思いません」

「ぎゃふん！」

そうだった。普段のファクトはすごく冷静なのだけど、逆上すると極端なことを言い出すのだったわ。

そして、逆上しても表情が変わらないので、なかなか気付けないのだわ。

どうしよう。おにー様たちを助けることが騎士たちの職務の範囲外と言うのならば、どうしようもないのかしら。

「でも……おにー様たちがけがをしたら悲しいわ」

誰に助けを求めていいのか分からなくなり、ぽつりと呟(つぶや)くと、その場の全員が驚愕(きょうがく)した様子で目を見開いた。

「「は!?」」

どうして驚いているのかしら、と不思議に思って騎士たちを見回すと、シェアトが目を見開いたまま質問してきた。

「姫君は王子たちに怪我(けが)をしてほしくないと考えているんですか？　だって、いい気味ですよね！　第一騎士団が警護しているので、さすがに死にはしないはずですし、せいぜい大怪我をするくらいですよ」

ミアプラキドスもシェアトの言う通りだとばかりに言葉を続ける。

「間違いなく、王子たちの体内を流れている血は腐っています！　そうでなければ、あそこまで姫君に口汚い言葉を浴びせられるはずがありません！　ですから、ここで大量の血を失うことが３人のためなのです。血を入れ替えたら、少しは姫君への態度がマシになるはずですよ」

ううーん、想像していた以上にシェアトとミアプラキドスは酷(ひど)いわね。

『大怪我くらいは許容範囲』、『大量の血を失うことがおにー様たちのため』という意見は極端過ぎると思うのだけど。

それに、おにー様たちは口が悪いけど、いいところもあるんじゃないかしら。

「私はずっとりきゅうで暮らしていたでしょう？　だから、おにー様たちはとつぜん現れた妹にどう接していいか分からなくて、とまどっているんじゃないかしら。でも、家族だからいずれ分かり合えると思うの」

シェアトとミアプラキドスを見上げてそう言うと、２人は信じられない様子でぽかんと口を開けた。

その表情を見て、もう一押しだと思った私は言葉を続ける。

「それに、せんぞくの近衛騎士団を持っているのは私だけなんですって。カノープスも、ミラクも、ファクトも、シェアトも、ミアプラキドスもとっても素敵だから、おにー様たちは私がうらやましくなって、悪口を言ってしまったのかもしれないわ」

シェアトはふらりとよろけると、痛みを覚えたかのように顔をしかめた。

「……マジか！　そうじゃないかと薄々感じていたが、オレたちの姫君は天使だったのか!!」

「えっ？」

私の言葉を聞いて理解してくれたかと思ったのに、シェアトがよく分からないことを言い出してしてしまった。

「ああ、間違いな！　姫君は天使だ！　そうじゃなきゃ、不可能だろう！　あんな3人を許せるか？　庇(かば)えるか？　慈悲の心を見せることができるか？　姫君はこんなに幼いのに、完璧なる慈愛の心を備えているじゃないか!!」

ミアプラキドスも両手で口元を覆うと、同じようによく分からないことをしゃべり始めた。

まずいわね、こうなった2人は止まらないのよね。

仕方がない、いつも通りミラクかファクトに突っ込んでもらうしかないわ。

そんな期待を込めて見つめた2人は、普段通り落ち着いているように見えた。

よかったわと、ミラクが口を開くのを安心して見つめていると……その彼がかがみ込み、目の前で跪く。

「セラフィーナ様、天使であるあなた様に働いた数々のご無礼をお許しください。僕はそもそも直接お声をかけるという栄誉にあずかるには徳が足りていなかったのに、何度もお話をしてしまいました」

「あれ、ミラク？」

ミラクにしては珍しくふざけているのかしらと、顔を見つめたけれど、残念なことに真顔で見返される。

まさか、と思ってファクトに視線をやると、腕を組みドヤ顔で他の騎士たちを見下ろしていた。

「私は初めから、セラフィーナ様が慈悲深き天使であることが分かっていたさ！　天使でもなければ、仲間内で乱闘騒ぎを起こした私を心配して様子を見に来たうえ、尻拭いをしようだなんて考えるはずもない。私は既にあの時から見抜いていた!!」

大きく頷いているカノープスを見て、全員がおかしくなっていることを理解する。

ああー、夏の炎天下に、長時間森を歩かせたのがいけなかったのかしら。

どうやら全員が暑さのせいでおかしくなっているようだわ。

そんな騎士たちの目を覚まそうと、私は大きな声を出した。

「みんな、どうしちゃったの！　私はもちろん天使じゃないわよ。朝はよくねぼうするし、嫌いなものはこっそり残すし、カノープスのブーツの右と左を3回逆にしたんだから！」

騎士たちが私の言葉を理解しようとでもいうかのように、ぱちぱちと瞬(まばた)きを繰り返したので、やっと夢の世界から戻ってきたようねと安堵(あんど)する。

「それよりも、おにー様たちを助けに行きましょう！」

私はいつだって私のお願いを一番聞いてくれるカノープスをターゲットに定めると、ぎゅううっとその手を握りしめた。

すると、カノープスはひるんだ様子を見せる。

「おい、カノープス！」

「気をしっかり持て、惑わされるな！」

騎士たちの忠告も空(むな)しく、カノープスは私を見てはっきりと頷いた。

「承りました」

「「カノープス――――！！！」」

騎士たちはがくりと項垂(うなだ)れたけれど、すぐに顔を上げると、諦めた様子でカノープスを見つめた。

「いや、分かっていたさ！　カノープスがセラフィーナ様の望みに反対できるわけがないって」

「お前たちだってそうだろう」

カノープスが間髪をいれずに言葉を差し挟んできたため、騎士たちはぐっと言葉に詰まった。

「……そうだな、これは仕方がないことだ。オレたちは姫君のために結成された近衛騎士団だから、姫君のご希望に『否(いな)』と答えることは難しいんだよ」

「その通りだ。私たちは姫君のしょんぼりした顔を見たくないようにできているんだ」

そう言った後、ファクトは確認するかのように私を見つめてきた。

「姫君、私たちの第一任務は姫君をお守りすることです。そのため、王子の腕が切り落とされるか、姫君の髪が切り落とされるかを選択する場面があれば、必ず姫君の髪を取りますから」

いや、それはダメでしょう、と思ったけど、ここで反論するとまたもやぐちゃぐちゃになって、いつまで経(た)ってもおにー様を助けに行けないと思ったので、黙って頷く。

いいわ、もしもおにー様の腕が失われたら、私がくっつけるわ。

そう決意すると、私は5人の騎士たちとともに、おにー様の助けに入ることにしたのだった。

【挿話】王家3兄弟

王家にとって、次期国王となる男児が生まれることは最重要事項だ。

そのため、国王の成婚後間もなくしてベガ第一王子が、その2年後にカペラ第二王子が、さらに1年後にリゲル第三王子が誕生した際には、国民は諸手(もろて)を挙げて歓迎した。

3人もの王位継承権者が誕生したことに加え、年の近い3兄弟が切磋琢磨(せっさたくま)することで、立派な次期国王とその補佐が並び立つに違いないと期待したからだ。

それから十数年が経過し、ベガ第一王子は19歳、カペラ第二王子は17歳、リゲル第三王子は16歳となった。

この間に12歳のシャウラ第一王女と6歳のセラフィーナ第二王女も誕生し、王家は非常に賑(にぎ)やかになったのだった。

3王子には幼い頃からそれぞれ異なる家庭教師が付けられ、異なる教育方針に従って育てられた。

しかしながら、3人の王子は自分以外の兄弟に与えられたものを羨む傾向にあった。

「ベガ兄上の剣術の教師はこの国有数の剣士だ！　兄上が上達するのは当然じゃないか!!」

「カペラは何をやっても褒める教師に囲まれているのだから、やることなすこといい結果を出しているように見えるだけだ！」

「リゲルはいつだって本人がやりたいことをやっているのだから、何だって上手くできるようになるさ！」

そして、3人とも努力嫌いで、隙あらば手を抜こうとする。

専属の有能な家庭教師が付いていたおかげで、3人ともそれなりの成績を修め、一定の技術を身に付けることはできたものの、それ以上の域にはなかなか到達できなかった。

しかしながら、3人は己が伸び悩む原因を『他の兄弟に優秀な家庭教師をあてがって、自分にあまりものを配置したせいだ』と考えていた。

そんなある日、3人は所属している騎士団総長より用事を仰せつかる。

「ベガ殿下、カペラ殿下、リゲル殿下、『星降の森』にて色の濃いフェンリルが発見されたとの報告がありました。事実だとしてもまだ幼体のようですので、今のうちに発見して討伐したいと思います。騎士を連れて少しばかり事前調査をしてきてもらえませんか」

3人はなぜ自分たちなのかと、当然の質問をしたが、ウェズン総長は邪念のない表情で答えた。

「噂では黒色のフェンリルだとの話もあります。その危機をいち早く発見したのが殿下らであれば、勇敢さが国民に広がるかと思いまして」

「……確かに、その通りだな」

「悪くない話だ」

「よし、引き受けよう！」

　3人の王子は快諾すると、護衛騎士と聖女を引きつれて『星降の森』に向かったのだった。


　王子たち自身も騎士であるため、それなりに剣の腕は立つ。

　そのため、一行は問題なく森の中を進んでいった。

　途中、何度か魔物と遭遇したものの、それほど強い魔物でもないうえ、討伐が目的ではないため、追い払うことに大して苦労はしなかった。

　数時間後、王子たちが到着したのは周りを崖で囲まれた円形の場所だった。

　よく見ると、切り立った高い崖の下方にはいくつもの横穴が空いており、それらは全てフェンリルの巣となっていた。

「あれらの穴のどこかに黒フェンリルが棲(す)んでいることを確認するのが、今回の目的だな？」

　ベガ第一王子の質問に騎士が答える。

「その通りです。しかし、あの場所に深く入り込んでしまうと、退路となるのはこちらへ続く一本道だけになります。そのため、少し距離はありますが、この場所からしばらく観察することにしましょう。魔物に見つかったとしても、ここからであれば、走って逃げても深追いされることはないでしょうから」

初めのうちは騎士たちの言葉に従っていた王子たちだったが、しばらくすると退屈してくる。

そして、騎士たちの制止を振り切って、横穴に近付いてしまい……

「ひいいっ！　止(や)めろ、こっちに来るな!!」

「おい、盾を貸せ！」

「うわあああ！　フェンリルが飛びかかってきたぞお!!」

フェンリルの縄張りに侵入した王子たちは魔物に見つかり、敵だと認定されて攻撃されることになった。

護衛騎士や聖女たちも応戦したが、フェンリルの数はどんどん増えていく。

「殿下、退路を確保しますので、そちらからお逃げください！」

「聖女たち、王子を優先して回復魔法をかけるんだ！」

「フェンリルの数が多過ぎます！　殿下、後ろへ下がってください!!」

その結果、必死になって王子たちを守る騎士と聖女、そして彼らの後ろで恐怖する3人の王子は、揃(そろ)ってフェンリルの群れに囲まれる形になったのだった。

そんな王子たち一行を見つめる人影が、崖の上に2つあった。

2人のうちの1人は首を傾げると、訝しげな声を出す。

「なぜだ。王子たちと手合わせをしたことがあるが、3人ともそれほど筋は悪くなかったぞ。なのに、なぜ今日は3人とも、あれほど酷いありさまなんだ。ガチガチに緊張して体が固まっているじゃないか。明らかに実践不足だ。王子たちは何度も魔物討伐に参加したはずだが、実際に戦ってはいなかったのか？　そうだとしたら、今後はやり方を見直さないといけないいな」

うめき声を上げるウェズン総長の隣で、もう1人の人物が冷静な声を出す。

「恐怖を肌で感じたことがない人間に、言葉で恐怖を教えることはできません。ですから、本日、この場を用意したのです」

ウェズン総長に応えたのは、氷のような冷ややかな容貌を持つシリウス副総長だった。

シリウスはその容貌に見合った冷たい声を出す。

「九死に一生を得たと感じてもらい、今後の生き方を見直してもらえればいいのですが」

「万年氷」

「何ですって？」

剣呑な表情で聞き返したシリウスだったが、隣にいるウェズン総長の声が聞こえていないはずはない。

そのため、シリウスはウェズン総長の言葉が不服で聞き返していると思われたが、対する総長はどこ吹く風で飄々（ひょうひょう）と返事をした。

「いや、どこかで聞いたあだ名を突然思い出しただけだ。姫君の影響で、最近はお前も人間らしくなったもんだと感心していたが、少しでも離れると元の雰囲気に戻っちまうんだな」

「よけいなお世話です。……ああ、しかし、噂をすれば影だ。来たようですね」

「は？　姫君を呼んでいたのか？」

2人が見下ろす先に、5名の騎士を従えた赤髪の少女が現れたため、ウェズン総長とシリウス副総長は会話を交わすのを止める。

それから、揃ってその少女を凝視したのだった。

セラフィーナ、ピンチ状態の兄に遭遇する2

急いでおにー様たちのもとに向かおうとしたところ、シェアトが進行を邪魔するかのように片手を目の前に突き出してきた。

「姫君、そう慌てて行くものではありませんよ」

「えっ、でも」

おにー様たちはフェンリルに囲まれているから、急がないと怪我をするわ、と焦る私とは対照的に、シェアトは普段通りの表情で口を開く。

「王子たちを助けたいという姫君の気持ちは理解したので従います。しかし、王子たちには騎士と聖女が付いているので、ひとまず命の危険はありません。それよりも、なぜ王子たちがこのような状況に陥っているかが疑問なのです」

「それはたまたまフェンリルの巣がある場所に足をふみ入れて、おそわれたってことじゃないの？」

頭に思い浮かんだ可能性を口にすると、ミアプラキドスが首を捻(ひね)った。

「彼らは腐っても王位継承権を持つ王子ですよ。そんな3人が揃って危機的状況に陥ること自体がおかしな話です。何らかの企み(たくら)が働いているんじゃないですかね？」

同意するようにファクトが頷く。

「企みが働いていると仮定した場合、3王子を危険にさらすことを決断できるのは王だけです。そして、王に対してそんな提案をする者がいるとしたら……」

ファクトは何か言いかけたけれど、私の顔を見て言葉を呑(の)み込んだ。

それから、誰かを捜すかのように、辺りをぐるりと見回していたけれど、何も見つけられなかったようで首を傾げる。

「まあ、つまり、私たちが手を出せないような偉い人たちが、私たちの考えが及ばないような高尚なことを考えた結果、王子たちが魔物に襲われている可能性が高い、というのが私の推測です。そうであれば、むやみに手を出すべきではありません」

「えっ、でも、助けるのよね？」

びっくりして質問すると、ファクトは指で眼鏡を押し上げながら頷いた。

「ええ、王子たちがもう少し危険に陥った、救えるかどうかのギリギリのタイミングで助けに入りましょう。それであれば、後に手を出したことを責められても、言い訳が立つと思いますので」

「そうなの？」

ファクトは一体誰のことを言っているのかしら？

例えば騎士団総長がおにー様を鍛えようとして、ピンチ状態を演出しているということなのだろうか。

「私は姫君より王子たちの性格を把握しています。まだ余裕があるタイミングで助けに入ったならば、『余計なことをして』と逆にお叱りを受けるはずです」

「そうなのね」

こちらは助けに入ったつもりでも、相手にとって余計なことだったら、ただの迷惑だものね。

なるほど、だからファクトはおにー様たちに助けが必要かどうかを見極めてから、助けに入ろうと言ったのね。

私はファクトの思慮深さに感心しながら、じっとおにー様たちを見つめる。

先ほどは、おにー様たちが多くのフェンリルに囲まれている姿を見て慌ててしまい、即座に助けに入ろうとしたけれど、冷静に考えるとおにー様3人、騎士4人、聖女2人というのはバランスのいい組み合わせだ。そもそも……

「おにー様たちは騎士なのよね。だから、おにー様たちも戦えるし、強いのでしょう？」

3人のおにー様たちを見つめながら確認する。

シリウスやカノープスほどではないにしても、おにー様たちは体が大きいし、騎士として訓練を受けているから強いはずだわ。

そう期待しながら、隣にいるカノープスの手をぎゅっと握る。

「ねえ、カノープス、おにー様たちはフェンリルに勝てるかしら？」

「……難しいかもしれません。殿下たちは訓練時には一定の実力を発揮されるものの、実践経験がほとんどないとうかがっています。凶悪な魔物に対峙する恐怖というのは、慣れないうちは体の動きを鈍くしますから」

「えっ、だったら、怪我をしないうちに……」

想定したものとは異なる答えが返ってきたため、慌てて一歩踏み出したところ、カノープスが真面目な表情で首を横に振った。

「姫君、騎士にとって怪我をすることは必要な経験です。その機会を奪ってしまえば、一人前の騎士になる機会を失います。どこかで殿下たちは騎士として、実践経験を積まなければいけません。もう子どもではありませんから、その機会は早ければ早いほどいいはずです」

「……そうなの？」

騎士にとって怪我をすることは必要な経験である、ときっぱり言い切られてしまうと、騎士でない私には真偽が分からないため言葉に詰まってしまう。

「王子殿下たちは騎士になられたのですから、『守られる側』でなく『戦う側』にならなければいけないのです」

周りにいる騎士たちがカノープスの発言に次々と同意したので、私の立派な騎士たちが騎士として賛成するのなら、その通りなのだろうと一歩後ろに下がった。

私が聖女になることを希望したように、おにー様たちが希望して騎士になったのであれば、果たすべき役割があるはずだ。

そうだとしたら、私が邪魔をしてはいけないわ、とおにー様たちを信じて見守ろうと決意しながら視線を向ける。

私の視線の先で、おにー様たちは5、6頭のフェンリルの群れに囲まれていた。

魔物たちの連携が取れているので、恐らく同じ群れのものたちだろう。

第一騎士団の騎士たちが必死になっておにー様たちを守ろうとしているけれど、ぐるりと魔物に囲まれた状態では非常に難しく思われた。

加えて、自らの身を守ることができない聖女が2人同行しているので、戦いながらその2人も守らなければならない。

第一騎士団は精鋭揃いのはずだけれど、守るべき者が多過ぎて分が悪いのではないだろうか。

そんな焦りから、今すぐ飛び出していきたい気持ちに襲われたけれど、私の周りにいる騎士たちは微動だにしなかった。

私の護衛に就いているシェアト、ファクト、ミアプラキドスの3人は第一騎士団出身だから、この間まで同僚だった騎士たちが傷付く姿を見たくないはずだ。

それなのに、我慢して動かずにいるのだから、私が出しゃばってはいけないわ。

そう考えてぎゅっと両手を握りしめていると、隣でミラクが1つの名前を呟いた。

「ルクバー」

私ははっとして、おにー様たちの周りにいる騎士に視線を移す。

ルクバーというのは、シェアト、ファクト、ミアプラキドスの3人と喧嘩をした、ミラクと同郷の騎士だったはずだ。

ルクバーは第一騎士団所属だと言っていたから、おにー様の護衛としてこの場に付いてきたのだろうか。

「カノープス、ルクバーがいるの？　どの騎士かしら？」

「正面で戦っている薄茶色の髪の騎士です」

カノープスが指し示した騎士は、おにー様を守る騎士たちの中で一番強かった。

おにー様や聖女たちの正面に立って、彼らの盾になりながら魔物を薙ぎ払う姿を見て、立派な騎士だわと思う。

そうであれば、私の騎士たちと喧嘩をしたのには理由があるのだろう――――ミラクの話によると、彼の村には『髪色が濃い者ほど健康である』という迷信があるため、髪が濃い者に対するルクバーの嫉妬が原因とのことだったけれど。

そのルクバーは戦いの最中にもかかわらず私たちに気付いたようで、一瞬顔を輝かせた。

けれど、すぐに落胆した様子で顔を引きつらせると、フェンリルとの戦いに意識を戻す。

「ルクバーはどうしたのかしら？」

隣にいるカノープスに質問すると、彼は淡々と答えた。

「恐らく、我々を見て助けが来たと期待したのでしょう。しかし、我々が誰であるかを把握したため、自分たちを助けることはないはずだと諦めたのだと思います」

「えっ、どうしてそんな風に考えたのかしら？」

今は騎士たちの助言に従って、助けるタイミングを計っているだけだから、もちろん助けに入るに決まっているのに。

ルクバーの態度から考えるに、騎士の常識で測ると、『私たちがおにー様を助けない』という選択肢が当然のようにあるみたいでびっくりする。

カノープスが『王子たちを助けに入り、結果としてセラフィーナ様を危険にさらすことになれば本末転倒です』と言った時、彼の発言こそあり得ないことだと思ったけれど、間違っていたのは私のようだ。

そのため、騎士団のルールを分かっていない門外漢はもう黙っておこう、と私はぎゅっと唇を引き結び、それ以降はおにー様たちが迅速にフェンリルたちを討伐できるよう祈りながら見守ることにしたのだった。

◇　◇　◇

しかしながら、フェンリルを討伐することは簡単ではないようだった。

フェンリルは上位の魔物だけあって攻撃力が高く、次々と騎士たちに怪我を負わせていたからだ。

以前、シリウスが1人で何頭ものフェンリルを倒したことがあったけれど、通常ではあり得ない出来事らしい。

後日、その時のことを近衛騎士たちに話した際、私は皆から常識を教えられたのだ。

『通常、フェンリルは数十名の騎士で対応し、何とか1頭を倒せるような相手です。卓越した騎士なら、10名程度で対応できるかもしれませんが、せいぜいその辺りまでです。一対一で戦える魔物ではありません』

『例外がいるとしたら、それこそシリウス副総長くらいですよ！』

『あるいは、ウェズン総長か。ただし、あの2人は人であることを捨てていますから、何の基準にも参考にもならないです』

その時の会話を思い出しながら、おにー様たちの一団を見つめる。

騎士たちが負った傷を、聖女たちは回復魔法で回復させていたけれど、1人の聖女が1人の騎士に対して魔法をかけるので、どうしても怪我をする騎士の数の方が上回っていた。

聖女が回復魔法をかけ、騎士たちが必死になってフェンリルに立ち向かう中、おにー様たち3人は立ちすくんだまま動く気配を見せなかった。

そのため、私は思わず大きな声を上げてしまう。

「おにー様、騎士と聖女が困っています！　助けてあげてください!!」

私の行動は皆にとって想定外だったようで、周りにいる騎士たちはぎょっとした様子で私を見下ろした。

おにー様たちも同様に、私を見て驚いたように目を見開く。

ただし、おにー様たちはそこで初めて私たちの存在に気付いたようで、苛立った声を上げた。

「いつの間にか、増援が来ているじゃないか！」

「おい、何をしているんだ！　ぼさっと突っ立っていないで、急いで助けに入らないか!!」

「オレは王子だぞ！　何かあったらどう責任を取るつもりだ!!」

おにー様たちは私の周りにいる騎士たちに怒鳴ったけれど、カノープス、ミラク、シェアト、フアクト、ミアプラキドスの5人は誰一人動こうとしなかった。

「「「おい、何をしている!!」」」

再び怒鳴るおにー様たちに向かってルクバーが鋭い声で答える。

「殿下、無駄です！　あいつらは第二王女付きの近衛騎士です！　リスクのある状況下で、自分たちの主の側を離れてまで、こちらを助けに来ることはありません!!」

「何だと？」

「オレは王子だぞ！」

「そんなことがあり得るものか!!」

次々に反論するおにー様たちだったけれど、実際に私の周りにいる近衛騎士たちが1人も動かない様子を見てぎりりと唇を噛み締めた。

「「「お前たち、覚えておけよ！！！」」」

捨て台詞を吐いたおにー様たちに、私はもう一度大きな声をかける。

「おにー様、みんなが困っているわ！　おにー様たちはりっぱな騎士だから、どうか助けてやってちょうだい!!」

私の懇願する声を聞いて、おにー様たちは皆を助けようと思ったのだろうか。

あるいは、私の騎士たちが動かない姿を見て、やるしかないと決意したのだろうか。

おにー様たちは剣を握る手にぐっと力を込めると、周りを囲むフェンリルたちに視線を向けた。

彼らを取り囲むのは鋭い爪と牙を持った、自分たちよりも体の大きいフェンリルだ。

実際に戦うのだと思いながら対峙してみると、より大きな恐怖を感じるかもしれないと心配した通り、おにー様たちは身が竦んだ様子で棒立ちになった。

がくがくと足を震わせながら、恐怖した様子で一歩後ろに下がる。

……ああ、ダメだわ。戦ってみたら、きっとおにー様たちは強いのに、恐怖で心が挫けてしまっている。

でも、おにー様たちは騎士だから、一歩踏み出さないといけないのに！

その思いが強過ぎたようで、おにー様の代わりに私の足が1歩、2歩、3歩……とどんどん進んでいき、気付いたら走り出していた。

「ひ、姫君!?」

「一体どちらへ行かれるんですか!!」

焦った様子の騎士たちの声が聞こえたけれど、答えることなく走り続けた私は、追いかけてきた騎士たちに捕まりそうになったところでぴたりと止まる。

「よ、よかった、思い直してくれたんですね！」

「フェンリルのところまで走っていくかと思いましたよ！」

次々に安堵の声を上げる騎士たちだったけれど、そうではないのだ。

「私はこの場所に来たかったの」

「……え？　それは」

「こ、この場所に何かあるんですか？」

戸惑った様子で尋ねてくる騎士たちの前で空を見上げると、私は遥か遠くにいるお友達に呼びかけた。

《セブン、いらっしゃい》

精霊の言葉で言い終わると同時に、目の前にセブンが現れる。

《フィー、どうしたの？　って、また魔物に囲まれているの！　一体何をやっているんだよ》

セブンは驚いた様子で目を見開くと、空中でぐるりと回った。

「セブン、おにー様たちが大変なの！　急いで助けないと」

《えー、あの残念3兄弟を助けるの？　必要ないんじゃないの？》

セブンは顔をしかめると、ひらひらと片手を振る。

まあ、私の慈悲深い精霊が酷いことを言っているわよ。

私はセブンを見上げると、拝むかのようにぱちりと顔の前で両手を合わせた。

「セブン、私のおにー様なのよ。おねがい」

セブンはぷうっと頬を膨らませると、不承不承頷いた。

《……仕方ないなー。フィーの頼みだから僕は手伝うんだからね》

セブンはそう言うと、くるくると回りながら空に上っていき、私の魔力に精霊の力を乗せてくれた。

私は手を上げると、おにー様たちに向かって呪文を唱える。

「《身体強化》攻撃力1・2倍！　速度1．2倍！」

その瞬間、おにー様と第一騎士団の騎士たち全員に対して魔法が発動した。

一瞬にして、身体能力が底上げされ、力とスピードが強化される。

「は？」

「何だこれは!?」

おにー様たちは驚愕した様子で自分の手や体を見下ろすと、信じられないとばかりに剣をぶんっと振り下ろした。

おにー様たちの周りにいる騎士たちも、驚いた様子で自分の体を眺めたり、腕や胸を叩いたりしている。

一方、私の騎士たちは頭を抱えて地面に蹲（うずくま）った。

「ああああ、そう来たかー！　なるほど、ここが姫君の魔法が王子たちに届くポイントだったんですね」

「うわー、王子たちにその魔法をかけるべきではなかったのに！　そんなすごい体験をさせたら、あの王子たちのことだから味を占めますよ!!」

皆の反応を見て、えっ、かける魔法を間違えたのかしらと思ったけれど、私にはほとんど戦闘経験がないので正解が分からなかった。

仕方がないので、自分ができる最上のことをしようとさらに呪文を唱える。

「見えなき鎖よ、太く長く伸びて眼前の魔物を捕らえ、絡みつき、その動きを制限せよ。――『捕縛』！」

それは『ロドリゴネ大陸の魔物』である輪紋魔獅子（りんもんまじし）との戦闘で初めて使用した魔法で、実戦で使用するのは2回目だった。

前回、全身を捕らえることができた魔物は全体の1割で、体の一部を捕らえた魔物を足しても3割程度にしかならなかった。

けれど、2回目だし、前回は30頭ほどもいた魔物が今回は6頭しかいないし、もっと上手くいくはずよ、とフェンリルたちを見ながら魔法を発動させる。

お願い、上手くいってちょうだい、と祈りながら結果を確認すると、全身を捕縛しているのは3頭のみだった。

そのため、がっくりと項垂れる。

「あ、あれえ、前回と同じようなものね。というか、残りの3頭は全く捕らえられていないから、数で考えると前回の方がよかったのかしら？　い、いや、6頭のうちの3頭を捕らえたから、全体の5割を捕らえたってことよね。ということは、よくなった？」

どうやら捕縛の魔法はまだまだ練習が必要なようだ。

がっかりしていると、カペラおにー様が意を決した様子で一歩踏み出すのが見えた。

はっとして視線をやると、カペラおにー様は捕縛されたフェンリルに向かって走っていき、その肩口に鋭い一太刀を入れる。

「やったわ、おにー様！」

騎士として大事な一振りだわ、と両手を握りしめて感動していたというのに、周りにいる私の騎士たちが余計な感想を述べ始めた。

「ああー、全然駄目ですね。あのフェンリルは完全に捕縛されているんですから、今の一太刀で首を切り落とすべきでした」

「というよりも、捕縛されていない魔物を狙うべきだろう」

「攻撃力と速度を上げてもらって、あの程度というのもなあ」

散々な言いようだ。

「おにー様たちは初めての実戦なのだから、もう少しほめてのばそうとしてもいいんじゃないの？　私が初めて戦闘にさんかした時は、シリウスと騎士たちはすごくほめてくれたわよ」

もう少し優しさがほしいと言うと、その者は正気じゃありませんよ」

「姫君の魔法を貶すとしたら、その者は正気じゃありませんよ」

「姫君の初陣ってレントの森の戦いですよね？　仲間の騎士からその時の話を聞きましたけど、最初から最後まで尋常じゃなかったですよ。褒める要素しかなかったです」

「超規格外の姫君と比較されても、参考にはなりません。しかも、姫君はまだ6歳ですし」

うーん、誰もおにー様たちを褒める気がないわね。

皆は騎士だから、騎士については評価が厳しくなるのかしら。

それとも、私が6歳だから、私への見方が甘くなるのかしら。

でも、誰だって貶されることは嫌なはずよね。

「私はけなされるよりも、ほめられたいわ」

分かってほしくてもう一度そう言ってみたけれど、私の騎士たちは返事をしなかったので、おにー様たちを褒めて伸ばすつもりはないようだった。

◇

おにー様たちに対する騎士たちの評価はイマイチだったけれど、それからのおにー様たちは人が変わったように勇敢になった。

ルクバーを始めとした他の騎士たちも同様で、一切引くことなく魔物に切りかかっていく。

そんな騎士たちを横目に、シェアトがのんびりした声を上げた。

「第一騎士団の騎士は精鋭ぞろいです。姫君から魔法をかけられたことで能力が強化されているし、王子たちも戦っているので、オレたちの出番はなさそうですね。ところで、姫君はどうして回復魔法をかけないんですか？」

「えっ、それは聖女が他に2人いるからよ」

回復魔法はおにー様たちと一緒にいる聖女たちがかけていたから、私は私にできることをしようと考えたのだ。

私の言葉を聞いたミラクとミアプラキドスは、感心した様子で褒めてきた。

「すごいですね、フェンリル戦って普通はとんでもなく大変なものなんですが、姫君は他の聖女を思いやる余裕があるんですね」

「というか、全部持っていこうとしないなんて、6歳の姫君にできることなんですね。オレは心から感激していますよ」

いや、フェンリルを目の前にして私語を交わすくらいだから、私の騎士たちの方が余裕があるわよね。

というか、これは先ほど私が要望した『私はけなされるよりも、ほめられたいわ』との言葉に従われているのだろうか。

うう、だとしたら、私は褒め言葉を騎士たちに要求するダメな王女だわ。

いたたまれない気持ちになっていると、次の瞬間、辺り一帯に響き渡るような鋭い威嚇の声が上がった。

「グルルルル！」

「ガルルルル!!」

威嚇の声は1つではなく、あちらこちらから響いてきたため、はっとして視線をやると、崖にある全ての横穴からフェンリルが顔を覗(のぞ)かせていた。

「ひあっ！」

退路となる一方向を除いて、周囲300度ほどが切り立った崖になっているのだけれど、その崖にある10個ほどの横穴から、それぞれ複数頭のフェンリルが顔を出して牙をむいているのだ。

あちこちから響いてくる唸り声も相まって、周りを全てフェンリルに囲まれたかのような錯覚に陥り、自然と体が震えてくる。

「カ、カノープス」

思わず護衛騎士の騎士服を摑むと、安心させるような声が降ってきた。

「ご安心ください、ただの威嚇です。恐らく、優先権がある群れが王子たちを襲っていたので、他のフェンリルは手を出してこなかったのでしょう。しかし、王子たちの奮闘もあり、こちらと対峙するフェンリルが残り2頭となりましたので、手を出す頃合いを見計らい始めたのでしょう」

「もちろん、ここにいる全てのフェンリルが襲ってくることはありませんから、その点はご安心ください。ただ、希望的観測ばかりを述べても仕方がないので、少なくない数の魔物が向かってくると覚悟していた方がいいかもしれませんね」

ファクトがそう付け足すと、皆は私の周りを囲むように位置取った。

魔物に囲まれるというのは何度体験しても慣れるものではなく、大きな恐怖を覚える。

私の騎士たちが発言したように、唸り声を上げているフェンリルたちの多くはただの威嚇で、巣穴から出てこないのだろうけれど、中には好戦的な群れもいるはずだ。

そう心配した通り、３つの巣穴からそれぞれフェンリルが10頭ほどずつ舌なめずりをしながら出てきた。

これはマズいわね、とスカート部分をきゅっと両手で摑んだけれど、そう考えたのは私だけではなかったようで、私を囲んでいた騎士たちは剣を構えるとぐっと体に力を入れた。

新たなフェンリルは30頭近くいる。

さすがにこれは多過ぎる、と思ったところで、何かが崖の上から斜面を降りてくるのが見えた。

思わず顔を向けると、シリウスとウェズン総長が崖を滑り降りてくるところだった。

「シリウス！　ウェズン総長!!」

驚いて声を上げると、同様に騎士たちも信じられないといった声を出す。

「シ、シリウス副総長？」

「おい、マジか？　いくら過保護者とはいえ、姫君の危機を察知して城から飛んできたとは！」

「ばっ、おま、その呼称は副総長の前で言ってはいけないやつだろう！　ああ、副総長が来てくれたからオレらが生き延びて、説教を食らう可能性が高まったっていうのに!!」

騎士たちが発する言葉は苦情交じりのものだったけれど、その声は先ほどまでと異なり明るかった。

間違いなく、皆はシリウスとウェズン総長を見て安心したのだ。

一方の私は、崖から滑り降りてくる2人を見て目を見張る。

「知らなかったわ。2人とも魔法が使えたのね！」

崖を下降する際に、風魔法を使用しているわ。

騎士たちが誰一人驚いていないところを見ると、2人が魔法を使えることは周知の事実なのだろう。

シリウスは止まることなく私の前まで来ると、くしゃりと頭を撫でた。

「セラフィーナ、よく頑張ったな。この場で最も勇敢なのはお前だったぞ」

その言葉を聞いて、シリウスは一部始終を見ていたのかしらと疑問が湧く。

私の物問いたげな顔を見たシリウスは、言葉に詰まりながらも、この場にいるわけを説明してくれた。

「ああ、その、……ウェズン総長と花を摘みに来たんだ。そうしたら、たまたまお前たちに遭遇したというわけだ」

「シリウスが花つみ！」

「「シリウス副総長が花摘み!!」」

驚きの声を上げてしまったけれど、同じように驚愕した騎士たちの大きな声にかき消される。

まあ、薬草と雑草の区別もつかないシリウスが摘もうと思う花は、一体どんなものかしら？

そう興味が湧いたけれど、シリウスは言葉を間違えたとばかりに顔をしかめると、すぐに話題を変えてきた。

「結構なフェンリルの数だな。あれらを殲滅させるとなると……、セラフィーナ、オレとウェズン総長、近衛騎士たちの回復はお前に頼めるか？」

「もちろんよ！」

シリウスに聖女の役割を頼まれたわ、と嬉しくなって即答すると、彼はおにー様と一緒にいる聖女に視線を移した。

聖女たちも話を聞いていたようで、役割分担を理解したとばかりに頷く姿を確認したシリウスは、もう一度穏やかな表情で私を見つめる。

「オレとウェズン総長にかける魔法は回復魔法だけで十分だ。強化されると、２人でフェンリルを討伐してしまうだろうから、それでは具合が悪い」

「分かったわ」

シリウスの意図は分からなかったけれど、言われた通りにすると頷くと、彼はおにー様たちに顔を向ける。

「ベガ、カペラ、リゲル、悪くない太刀筋だった！」

シリウスが発したのは短い言葉だったけれど、おにー様たちは高揚した様子で頬を赤らめた。

「ああ」

「まあ、これくらい」

「大したことではない」

相好を崩さないようにしながらも明らかに嬉しそうな３人を見て、私の騎士たちが小声でぼそぼそと呟く。

「くーっ、マジで羨ましいな！　オレも一度でいいから、騎士として副総長に褒められてえ」

「それは角獣騎士団の全騎士が夢見ていることだ。しかし、実際にそんなことが起こったら、オレは翌日に死ぬ気がするぞ」

「あー、違いねえ」

そんなはずはないので、私も小声でぼそぼそと囁く。

「そんなことないわよ。シリウスはいつもほめてくれるけど、私は元気だわ」

「……姫君が褒められるのと、オレたちが褒められるのでは、天と地ほど違うでしょう」

「というか、姫君に対するような調子で副総長に接せられたら、オレはその場で絶命しますよ」

ううーん、戦場だから気が高ぶっているのかしら。

騎士たちの言葉がいつにも増して大げさだわ。

そう呆れていると、ウェズン総長とシリウスが剣に手をかけ、フェンリルに視線を定めながら前進していくのが見えた。

「シリウス、どちらが多くのフェンリルを討伐するか勝負しないか？」

「いいでしょう。オレが勝てば、ウェズン総長が先日入手したミスリル製の剣をいただきます」

「お前、いいところを突いてくるな！　じゃあ、私はお前の領地で作られたワイン１００本だ!!」

そう言い合うと、２人は剣を抜いて、一切躊躇することなくフェンリルに向かっていった。

◇　◇　◇

フェンリルが30頭ほどいるのに対して、こちらはおにー様たちを含めても騎士14名と聖女３名し

かいない。

そして、フェンリルは非常に強力な魔物のため、通常は1頭を相手にするのに騎士が数十名必要らしい。

そうであれば、騎士の数が全然足りていないけれど、私の騎士たちは強いし、ウェズン総長とシリウスがいる。

だから、大丈夫よねと考えながら強化の魔法をかけると、私の騎士たちが感嘆の声を上げた。

「くー、いつもながら姫君の魔法はキレッキレですね！　自分がすごく強くなったと錯覚しそうです」

「本当に恐ろしい魔法だな。これほど強化されるとは信じられない思いだ」

「さあて、これで負ける言い訳が立たなくなったぞ」

私の騎士たちは信じられないとばかりに首を振ると、躊躇することなくフェンリルに向かっていく。

確かに元々の強さを底上げしてはいるけれど、それでもまだフェンリルの方が強いのだ。

恐怖心があるはずなのに、普段通りの様子で足を踏み出す騎士たちに、その強さの神髄を見たような気がした。

「騎士ってカッコいいわね！　ああー、生まれ変わったら騎士になるのもいいわね」

そう独り言を呟きながら、できることはないかと戦場を見渡す。

まず目に入ったのは、ウェズン総長とシリウスの2人だった。

強化魔法をかけていないのに、2人ともばっさばっさとフェンリルを切りつけており、強化魔法をかけた私の騎士たちよりも明らかに強い。一体どうなっているのかしら。

首を傾げる私の周りでは、私の騎士たちがフェンリルと戦っていた。

シェアトとファクトとミアプラキドスが3人がかりで1頭のフェンリルと対峙し、カノープスとミラクは私を守護する形で立ち位置を守っている。

私を守る2人は出番が少なくて申し訳ないわね、と思いながらおにー様たちを見ると、必死な表情でフェンリルと切り結んでいた。

大丈夫かしらとハラハラしながら見守ったけれど、周りにいる第一騎士団の騎士たちが上手におにー様たちをカバーしていることに気付く。

さらに、騎士たちがカバーできない時は、側にいるシリウスが助けに入っていた。

その様子を見て、もしかしたらシリウスとウェズン総長はおにー様たちを戦わせるために、ここにいるのかもしれないという気持ちになる。

よし、だったら、おにー様たちが活躍できるように、もう少し魔法をかけてみよう。

「《身体強化》攻撃力1・5倍！　速度1・5倍！」

先ほどかけた魔法よりも効果が強めのものを、おにー様たちだけに上掛けする。

体が耐えられるかしらと心配したけれど、さすが騎士だけあって、おにー様たちは問題なさそうに動いていた。

そのため、ほっと胸を撫で下ろす。

これで一段落ね、と気を抜いたところで、ふっと何かが視界を遮った。

顔を上げると、フェンリルが私に向かって飛びかかってくるところだった。

「あっ」

突然のことに動けないでいると、カノープスが私の前に立ちはだかってきたため、彼に庇われる形となる。

すぐにミラクもやってきて、2人でフェンリルに対応してくれたのだけれど、その時、別の1頭が反対方向から私に向かって飛びかかってきた。

「ひゃあっ！」

私は体を丸めると、覚悟して目を瞑る。

大丈夫、私は聖女だから、噛まれた瞬間に回復魔法をかけて治癒すればいいだけよ。

ちょっと、だいぶ、ものすごく痛いだけだわ。

自分にそう言い聞かせながら、噛まれる瞬間を待ったけれど、いつまで経っても痛みは襲ってこなかった。

代わりに服が引き裂かれる音が響く。

嫌な予感がして目を開くと、私の前に立ちはだかるシリウスと、彼の服を引き裂いているフェンリルが見えた。

「やっ！」

先ほど見た時、シリウスはずいぶん離れた場所にいたはずだけれど、私の危機に駆けつけてくれたようだ。

けれど、自分の身を守ることを後回しにしたのか、フェンリルの爪がシリウスの服を引き裂いている。

彼の胸元の服がばらばらと空中に散らばるさまを見て、私の喉から叫び声が漏れそうになったけれど、その瞬間ばちりという音とともに光が弾け、フェンリルが後方に吹き飛んだ。

「えっ？」

何が起こったのか分からなかったけれど、今心配すべきなのはシリウスだと、彼の騎士服をがしりと掴む。

「シリウス！」

まさか私を庇ったために、胸部を怪我したのだろうか。

フェンリルの爪は鋭いから、場所が悪ければ致命傷になる。

真っ青になってシリウスに回復魔法をかけようとしたところで、新たなフェンリルが私に向かって飛びかかってきた。

シリウスは危なげなく剣でその牙を防ぐと、平静な声を出す。

「セラフィーナ、オレは大丈夫だ！　フェンリルの爪に裂かれた瞬間、何らかの守護魔法が発動して守られた！　服は破られたが、体に傷はない」

「えっ！」

そんなことがあるのだろうか。

聞いたことがない現象にびっくりしたけれど、守護魔法が発動したと言われれば、先ほどの音と光を説明できる気がする。

そして実際に、シリウスの動作は滑らかで怪我をしている様子はなく、裂かれた服の下から覗く肌は傷付いているように見えなかった。

まあ、世の中には私の知らない魔法があるのね、と感心していると、私から離されたカノープスとミラクが戻ってきた。

「シリウス副総長、申し訳ありません!!」

「もう決してフェンリルをセラフィーナ様に近付かせません!!」

2人は後悔で顔を歪めていた。

どうしようもなかったこととはいえ、私が危険にさらされたことに心を痛めているようだ。

シリウスはそのことが分かっているようで、2人の気持ちを軽くすべく即答する。

「後は任せたぞ！」

「「承知つかまつりました!!」」

シリウスは目の前にいるフェンリルを切ると、あっさりとこの場を2人に託して去っていった。

その行為により、シリウスが2人を信用していることが本人たちに伝わっただろう。

シリウスはすごいわ。彼自身が私の側にいたかっただろうに、その感情を抑えつけて、騎士たちに任せることができるのだから。

「立派なしどうしゃだわ」

私は尊敬の気持ちとともにそう口にすると、そんなシリウスの役に少しでも立てるようにと、自分のできることを探して戦場を見回したのだった。

ほどなくして、ウェズン総長とシリウスを中心とした騎士たちは、30頭ほどいたフェンリルを駆逐することに成功した。
討伐の流れはスムーズだったけれど、リゲルおにー様の肘が喰いちぎられたことだけは大問題だった。
おにー様たちの回復については他の聖女たちに任せていたので、怪我に気付くのが遅れたけれど、叫び声を聞いて何が起こったかを理解する。
役割分担に反するけれど、時間がかかっているようだからお手伝いすべきかしら、と迷っている間に、聖女たちが2人がかりで治癒してしまった。

「大袈裟だな」

ファクトがぼそりと呟いたので、私の髪を両手で摑んでいる彼をちらりと見る。

――つい今しがた、皆の邪魔にならないようにと後ろに下がったところで、私の髪が木の枝に絡まってしまった。

焦って力任せに引き抜こうとしていたら、ファクトが駆けつけてきて、丁寧にほどいてくれたのだ。

その間に、おにー様が肘を怪我したということは、先ほどのファクトの言葉通りになったということじゃないかしら。

『姫君、オレたちの第一任務は姫君をお守りすることです。そのため、王子の腕が切り落とされるか、姫君の髪が切り落とされるかを選択する場面があれば、必ず姫君の髪を取りますから』

うう一ん、それでいいのかしら。

そんな風に行動の一部が疑問視される騎士たちだったけれど、非常に勇敢だったことは間違いなく、30頭ほどいたフェンリルの半数近くを討伐してしまった。

すると、フェンリルたちは分が悪いと思ったのか、隙を見て逃走し、自分たちの巣穴に戻っていった。

本日の目的はフェンリルを殲滅することではなかったため、騎士たちはそれ以上追うことなく剣を鞘に納める。

そもそもフェンリルの巣には複数の出入り口があるから、巣穴まで追っていったとしても逃げられる可能性が高く、深追いしても大きな成果は上がらないだろう。

そのことが分かっていたため、ウェズン総長は追撃の指示を出すことなく、戦闘を終結させたようだ。

無事に討伐できてよかったわと胸を撫で下ろしていると、シリウスが寄ってきて私の頭を撫でてくれた。

それから、シリウスはおにー様たちを見やる。

「初陣にしてはよく健闘した。今回の功労者はベガ、カペラ、リゲルの3人だな」

おにー様たちの周りには、数頭のフェンリルの死体があった。

他の騎士たちに手助けしてもらったとはいえ、おにー様たちもフェンリルと戦い、見事に倒すことができたのだ。

これまで守られる側だったおにー様が初めて騎士として戦い、私を含めた聖女を守る側に立ったのだから、今日はおにー様たちにとって、騎士としての始まりの日だろう。

「おにー様、すごいわ！　とってもりっぱな騎士だわ!!」

ぱちぱちぱちと必死で拍手をしながらおにー様たちを褒めたたえたけれど、どうやら私に言いたいことがあるようで、3人は険しい表情で見つめてくると、嚙みつくような声を出した。

「セラフィーナ、お前が使った魔法は何だ!?」

ベガおにー様の質問に、私は生真面目な表情で答える。

「聖女の魔法よ!」

「嘘をつけ! 聖女が騎士を強化できるなんて、聞いたことがないぞ!!」

カペラおにー様から間髪をいれずに言い返されたため、私は自信を持ってさらに言い返す。

「私は聖女だから、私が使う魔法は全部『聖女の魔法』と言ってまちがいないわ」

「そんな暴論があるか! そもそもお前は聖女じゃないだろう!!」

リゲルおにー様の言い分を、胸を張って否定する。

「いいえ、私は聖女よ」

けれど、いつの間にかセブンはいなくなっており、私が聖女だと証明することは難しいように思われた。

おにー様たちの回復は他の聖女たちに任せていたから、ますます聖女だと信じてもらえないかもしれない、と助けを求めて近衛騎士たちに視線をやると、シェアトが口を開く。

「姫君、今回ばかりはリゲル殿下の発言に同意します。セラフィーナ様の論理でいくと、姫君が発動する魔法は全て『聖女の魔法』になりますが、他の聖女は到底そんな魔法は使えませんからね。正確を期するならば、『セラフィーナ様のオリジナル魔法』ですよ」

ぎゃふん、本題とは異なることを蒸し返されたわ、と思ったものの思わず言い返す。

「えっ、ちがうわよ！　私が使っている魔法は、聖女なら誰だって使えるものよ」

私が使っている魔法は私が開発したのではなく、精霊たちから『聖女の魔法』だと教えてもらったものなのだから。

それを私のオリジナル魔法だなんて言ったら精霊たちに失礼だし、図々し過ぎるわよ。

けれど、私の意見に賛成する者はいないようで、皆からじとりとした目で見つめられた。

「…………」

「…………」

「……百歩譲って、他の聖女たちが姫君と同じ魔法を使えるようになるとしても、１００年ほど練習が必要だと思います」

カノープスがおかしなことを言ってきたので、私は至極当然の言葉を返す。

「まあ、私はおちついているから大人に見えるのかもしれないけど、１００さいをすぎてはいないわ。他の聖女だって、魔法を習得するのにそんなに時間はかからないはずよ。３年もあれば同じ魔法が使えるようになるんじゃないかしら」

再び沈黙が広がる中、ファクトが指で眼鏡を押し上げながら、「教えていただきありがとうございます」と返してきた。

ほーん、どうやら私の相手をするのが面倒になって、適当に答えているわね。

そう呆れていると、おにー様たちが苛立たし気な声を出した。

「セラフィーナ、訳が分からないことを言って誤魔化そうとするな！　そもそもどうしてお前は、そんな魔法が使えるんだ!?」

「それは精霊に教えてもらったからよ。私の契約精霊はしんせつで教え上手なの」

「精霊に教えてもらっただと!?　会話ができない相手から、どうやって教えてもらうと言うんだ!!　訳が分からないことを言って誤魔化そうとするのは止めろと、たった今言っただろう!!」

正直に答えているのに信用されないだなんて、一体どうすればいいのかしら。

困っていると、ウェズン総長が会話に割り込んできた。

「殿下方、ここは魔物が棲む森ですから、細かい話は城に戻ってからいたしましょう。ところで、色の濃いフェンリルは見つかりましたか？」

ウェズン総長の言葉はもっともだと思ったようで、おにー様たちは頷くと、総長の質問に答える。

「いや、それらしきものはいなかったな」

「ああ、これだけの騒ぎになったのだから、黒色がいれば少しくらいは顔を見せたはずだが、ちらりとも見なかった」

「ここにいないとなると、黒フェンリルがいたというのはただのデマだろう」

黒色と言っているから、ルドのことを話しているのかしらと首を傾げていると、カノープスが耳元に囁いてきた。

「セラフィーナ様、例の仔犬のことは口にされない方がよろしいかと思われます」

多分、カノープスが言う『例の仔犬』とは、黒フェンリルであるルドのことを指すのだろう。

「どうして？」

「遅まきながらシリウス副総長の企みを理解したからです。フェンリル討伐には2つの目的があり、1つは王子たちに実戦を経験させること、もう1つは最近出回っている『黒フェンリルを見た』という噂を消すことではないでしょうか」

「えっ、そんなうわさがあるの？」

他の人に見つかっては駄目よとルドに言い聞かせていたのに、あのいたずらっ子は私以外の人の前にも顔を出したということかしら。

「はい。姫君が黒フェンリルを飼っていることが広まれば、姫君にとって不利になります。そのため、副総長は黒フェンリルの噂を事実無根だという方向に持っていこうと、王子たちを使ったのでしょう」

まあ、シリウスは私のために色々と暗躍しているのね。

私の推測を肯定するかのように、シリウスは感心した様子でおに-様たちの言葉に頷いていた。

「なるほど、デマだったのか。そのような結論を自ら導き出すとは、さすがだな」

「…………」

「…………」

「…………」

ウェズン総長を始め、騎士たちが無言でシリウスを見つめていることからも分かるように、彼はものすごく演技が下手だわ。

おにー様たちを褒めているつもりでしょうけど、完全に棒読みだもの。

それなのに、おにー様たちは嬉しそうな顔をしているのだから、この3人はものすごく単純なのかもしれない。

全てが解決し、皆が落ち着いた様子を見せたところで、私はすすすとおにー様たちの前に進み出た。

「おにー様はすごく強かったわ！　私はいつでもおにー様のために魔法を使うわね！」

相手が誰であれ褒められることは嬉しいようで、おにー様たちは得意気に腕を組むと、尊大な態度で頷いた。

「「「いいだろう。お前がどうしてもと言うのならば、魔物討伐に連れていってやろう」」」

近衛騎士たちはおにー様の態度が気に入らない様子で顔をしかめていたけれど、私は満足して笑みを浮かべる。

うふふ、やったわ！　こうやって少しずつ、おにー様たちと仲良くなれるといいわね。

そんな私の気持ちは表情から簡単に読み取れたようで、シリウスが近付いてきて「よかったな」と笑いかけてくれた。

「ええ」

ガレ金葉を探しに来たはずが、思いがけずおにー様やシリウスたちと遭遇してしまったけれど、少しだけおにー様たちと仲良くなれたようでよかったわと私も笑みを返す。

それから、私のために喜んでくれたシリウスの気持ちが嬉しくて、ぎゅううっと彼に抱き着いたのだった。

ガレ金葉の答え合わせ

戦闘終了後、皆と一緒に帰り支度をしていると、第一騎士団の騎士たちが近付いてきて、私に向かって頭を下げた。

「セラフィーナ様、オレたちを救っていただき感謝いたします!!」

「えっ?」

どうやら全員で勘違いをしているようだ。

「ええと、ちがうわよ。あなたたちに回復魔法をかけたのは私じゃなくて、向こうにいる聖女たちよ」

戦闘中は魔物を倒すことに集中していただろうから、魔法をかけた相手を誤認しているのね、と正しい情報を伝えてあげる。

けれど、ルクバーを始めとした第一騎士団の騎士たちは、もう一度深く頭を下げた。

「それは存じています。本当にありがとうございました!!」

きっぱりとそう言った後、踵(きびす)を返しておにー様のもとに戻っていった騎士たちの姿を見て、どうやら私に対してお礼を言いに来たようねと首を傾げる。

「一体なににたいするお礼かしら？　回復魔法のお礼じゃないなら、せんとうのはじめにかけた強化魔法に対するお礼？　ぎりがたいわね」

ぽつりと呟くと、周りにいた近衛騎士たちがわざとらしいため息をついた。

「姫君に騎士の気持ちは分かりませんよ！」

「戦闘に際して、自分が生き延びるためと、守るべき者を守るために、少しでも強くなりたいと願う気持ちと、それを叶（かな）えてもらった時の感謝の気持ちは」

確かに私は騎士じゃないから、騎士の気持ちを理解するのは難しいかもしれないわねと思いながら頷く。

おにー様たちが第一騎士団の騎士や聖女と先に帰城すると言い出したので、彼らを見送っていると、声が聞こえない距離まで離れたところで、ウェズン総長がにやりと唇を歪めた。

「王子たちも少しはマシな顔つきになったな。荒療治が効いたようだ」

総長はそう言うと、シリウスの肩をぽすりと軽い調子で叩く。

「さらに、極上のワインが１００本付いてくるとなれば、労働以上の対価を得たな。実に満足だ」

シリウスは総長をじろりと睨（にら）むだけで返事をしなかった。

どうやら先ほど話をしていたフェンリル討伐対決の勝者はウェズン総長のようだ。

「シリウスが負けるなんて、さすがウェズン総長ね！」

そう感心していると、私の騎士たちが小声で教えてくれた。

「いつものことですよ。ああ見えてウェズン総長は大人気ないので、勝負を仕掛けた後は勝つための行動しかしないんです」

「シリウス副総長は全体が見渡せる方なので、勝負をしながらも戦場をコントロールしています。今回で言えば、王子たちの補助をしたり、オレたちに指示を出したり、姫君を救出したりしたことです」

「もちろんウェズン総長も全体を見渡せる方なのですが、勝負になると副総長に任せきりになって、自分は動かなくなるんですよね。一方の副総長は、全体の統括をしながらでも総長に勝てると考えていて、色々と指揮されるんですが、いつも今一歩及ばないんです」

ふーん、なるほどね。多分、グループ分けをしたら、ウェズン総長とおとー様は同じグループに入って、シリウスが1人だけ別グループに入るんじゃないかしら。

シリウスは面倒見がよくて苦労するタイプだわ、と納得した後、私は彼のもとに走っていった。

それは先ほどからずっと気になっていたことだった。

「シリウス、かがんでちょうだい。胸もとを見せてもらえる？」

シリウスは私の希望に従って、素直に姿勢を低くしてくれたため、私は彼の胸元を念入りに確認する。

戦闘中、彼はフェンリルに胸部を引き裂かれたのだ。

本人から何らかの守護魔法が発動したため無傷だと言われたし、実際に怪我をしている様子はなかったので、回復魔法をかけなかったけれど、一体どうなっているのだろうと服の下を覗いてみる。

すると、騎士服もその下のシャツもズタズタになっていたけれど、体には傷一つ付いていなかった。

「一体どういうことかしら？　……はっ、ひらめいたわ！　これがシェアトの言っていた、『筋肉は全てを凌駕(りょうが)する』というやつかしら!!」

天啓を受けた気持ちになったけれど、騎士たち全員から首を横に振られる。

「「「違います!!」」」

まあ、全員の声が揃ったわよ。

シリウスは無言でシャツの胸ポケットに手を入れると、見覚えのあるハンカチを取り出した。

不思議なことに、シリウスが広げたハンカチにはほつれ一つなかった。

「あ、それは……」

「シャツの胸ポケットはびりびりに破れているのに、どうしてハンカチはきれいなままなのかしら？」

首を傾げる私の後ろで、ハンカチを覗き込んでいた騎士たちも首を傾げる。

「本当に、天下の騎士団副総長が身に着けるハンカチとしては、異例と言わざるを得ないですね」

「全身骨折した肥満の熊の刺繍だなんて、非常に個性的です。ところどころ糸が絡まって膨れている箇所もあるし、子どもの手製でもこれよりかは上手だと思うのですが」

「子ども……子どもの手製……あれ、ま、まさか姫君のお手製ではないですよね？　だ、だって、この国トップクラスの刺繍の教師から、最高の技術を学んでいるんですものね⁉」

びりびりのシャツの下にあったハンカチが破れていないことを不思議に思うべき場面で、ハンカチに施された刺繍に着目するなんて、私の騎士たちは自由気ままね。

そう呆れながら、散々私の作品を貶してくれた騎士たちに恨めし気な顔を向ける。

「そのトップクラスのせんせーからほめられた作品がこれよ！　あと、肥満のくまではなくて、さいきょうの騎士、シリウスなのよ！　私の夢と希望をしじゅうしたんだから!!」

「はいいっ⁉」

「で、ですが、この熊……シリウス副総長は腹が膨れていますよ!!」

「えっ、副総長は脱いだら膨れているタイプなんですか？」

騎士たちは信じられないとばかりにシリウスのお腹を見つめているけれど、そんなことあるはずがない。

わいわいと騒ぎ立てる騎士たちを相手にすることなく、シリウスは考えるかのように目を細めた。

「特別な魔法効果を発揮する剣や盾は稀に存在する。非常に数が少なく、それらの多くは王城の宝物庫に入っているから、ほとんどその存在を知られてはいないが。しかし、いずれの品も非常に古いものばかりだ。それと同じような効果がこのハンカチに付いていた、と考えることが正しいのかどうか」

シリウスが大袈裟なことを言い出したのでびっくりする。

「えっ、そのハンカチは家庭教師のせんせーがじゅんびしてくれた布にししゅうをしただけよ」

「そうか。この布や糸が特殊なものでないかどうかを確認しておこう」

そう言うと、シリウスは私の頭をくしゃりと撫でた。

「戦闘中の出来事だから、詳細を把握できているわけではないが、何らかの魔法が発動したことは間違いない。このハンカチだけが破れていないから、原因はこれだと仮定して調査を進める。何にせよセラフィーナ、オレはお前に救われたのだ」

「ちがうわ。だって、私は回復魔法をかけていないもの」

「その必要がなくなったのだからすごいことだ」

シリウスが褒めてくれたので、単純な私はそうかもしれないわねと頷くと、シリウスに笑いかけた。

「ふふ、私のハンカチのおかげならば、やっぱりあと10枚作ってあげるわね！」

シリウスは突然表情を消すと、真剣な声を出す。

「……ハンカチにキャンディーを縫い付けるつもりならば、夏が過ぎてからにしてほしい気持ちだな。いや、まずは調査を進めるから、ハンカチのことはひとまず忘れるんだ」

「そう？」

シリウスがそう言うのならば、刺繍入りハンカチをシリウスに贈るのはとりあえず止めておこうと頷いたところで、離れた場所を心配そうに見つめるミラクに気が付いた。

私ははっとすると、この森に来た元々の目的を思い出す。

「そうだったわ！　シリウス、ちょっと待っていてね」

シリウスに声をかけると同時に、私はミラクの手を取ると、先ほど金色の植物が見えた場所まで走っていった。

目的の場所に近付くにつれ、太陽の光を浴びた植物がきらりと光る。

そのため、探していたガレ金葉かもしれないと、どきどきしながら植物の前で立ち止まったけれど、近くで見ると葉の色は金色でなく黄色だった。

違ったのかしらと瞬きもせずに植物を見つめていると、隣に立つミラクが体をかがめ、その植物を1本手に取る。

「残念ながら、これは『ガレ金葉』ではありませんね。葉が金色ではありませんし、葉の形も異なります」

「……ミラクの言う通りだわ。そもそもこの植物は薬草じゃないし」

ミラクから渡された黄色い葉の植物は、一目見ただけで薬草でないことがはっきり分かる代物だった。

私は手に持った黄色い葉っぱを見ながら、しょんぼりと項垂れる。

……聖女騎士団の情報だったから期待していたけれど、どうやらガレ金葉ではなかったようだ。

こうなったら、時間がかかるけど自分で育てるしかないのかしら。

そう考えてがっかりしたけれど、私よりも落胆しているのはミラクだわ、と慰めの言葉を探す。

けれど、私が発言するよりも早く、いつの間にか近付いてきていた他の騎士たちが、ミラクを元気付けようと次々に声をかけ始めた。

「ミラク、草なんてありとあらゆる場所に生えているから元気を出せ！　その中にはきっと、お前が探しているものもあるはずだ」

「シェアトの言う通りだ！　金色の草は人目を引くから、すぐに見つかるさ！　オレらも森や林に入った時は、気にするようにしておくから」

シェアトとミアプラキドスに続いて、ファクトが眼鏡を指で押し上げながら言葉を発する。

「安心しろ、私は眼鏡さえかけていれば、遠くのものでもよく見える。金色の葉を見つけ次第、すぐに採ってきてやるから」

最後にカノープスが無表情のまま頷いた。

「植物は門外漢だが、ガレシリーズの薬草は毎日、世話をしている姫君の側で見続けてきたから、形状を覚えた。目にすることがあったら、必ず採取してこよう」

騎士たちが揃って慰めの言葉を口にすることは滅多にないので、皆の目にもショッキングな出来事に映ったのだろう。

それなのに、ミラクは平気な顔をしているのだからすごいわねと感心する。

「ミラクの方が私よりがっかりしているはずなのに、ちっとも表情に出ないのね」

「お言葉ですが、僕は意外とがっかりしていないんですよ。落胆する気持ち以上に、姫君を始め仲間の騎士たちが、僕のためにここまでやってくれたことが嬉しかったからです」

「そうなの？」

本当かしらと思いながら聞き返すと、彼はにこりと微笑んだ。

「失った薬草を取り戻すことは僕の村の悲願です。そのため、村人の1人として、『ガレ金葉』が戻ってくることを望む気持ちは当然あります。今回の目撃情報は聖女騎士団の副団長から入手したものだったため期待していたこともあり、『ガレ金葉』でないと分かった途端、普段より落胆しました」

それはそうでしょうね。

「しかし、それよりも嬉しいと思う気持ちが上回ったため、僕の中にある感情で一番大きなものは喜びなのです」

「ミラクは何がうれしかったの？」

首を傾げながら尋ねると、ミラクはおかしそうに笑みを浮かべた。

「ふふふ、その理由が分からないところが、姫君たちが真に善良である証(あかし)ですよ。僕が『ガレ金葉』を入手したとしても、他の誰にも得になることはありません。それなのに、姫君はもちろん、仲間の騎士の全員が文句を言うことなく、この森まで来てくれました。魔物に襲われて命の危険にさらされても誰も文句を言わないし、それどころか目当ての薬草が見つからなかった僕を慰めてくれたのです。そんな優しさをもらったら誰だって嬉しくなりますよ」

ミラクの嬉しそうな言葉を聞いた騎士たちは、動揺した様子で体を跳ねさせた。

「ミラク、お前は何てことを言うんだ！　思っていることをそんな風にべらべらと正直に口にするのは、姫君とお前くらいなもんだ！　23歳にもなったというのに、お前の正直さは6歳児並みだな!!」

「シェアトの言う通りだ！　そんな恥ずかしいことを口にするもんじゃねぇ！　それに、お前の薬草探しに付き合うのなんて、大したことじゃないからな!!」

シェアトとミアプラキドスが真っ赤になってミラクを注意している姿を見て、まあ、2人は照れているのだわとぴーんとくる。

ああー、突然2人にぴったりの創作ことわざが浮かんできたわよ。

「『タコとイカは真っ赤っか』！」

「……何ですって？」

「姫君？」

きょとりとした表情のシェアトとミアプラキドスに、私は笑顔で説明する。

「2人にぴったりのことわざを考え付いたわ。『タコとイカは真っ赤っか』よ。外見は別物だけれど、実は同じようなもので、さらにどちらもすぐに赤くなるという意味よ」

「姫君、タコもイカも赤くなるのは、死んで料理された後です」

「どちらがタコなのかイカなのか分かりませんが、あまり嬉しいたとえじゃないですね」

2人の返答を聞いた私はむむむっと腕を組む。難しいわね。

そんな会話を交わしながら、私たちはウェズン総長やシリウスとともに帰路に就いたのだった。

それから数時間後、王城に着いて皆と別れたところで、1人の騎士がこちらに向かって走ってきた。

その騎士は私の横を走り抜け、シェアトの前で立ち止まると、文句を言い始める。

「シェアト、今日は事前視察に行く予定だったろう！　直前になって、お前が別業務に入ると言い出したから、休暇を申請していた騎士が駆り出されたんだぞ!!」

それはいつぞやミラクと口論をしていたサドルだった。

「悪かった。オレの代わりに誰が駆り出されたんだ？　直接謝罪しておくよ」

素直に謝罪するシェアトを見て、ミラクが横から口を出す。

「すまない、シェアトの予定変更は僕のせいなんだ。姫君が僕のために『星降の森』に行ってくれることになったんだが、そのために同行者を増やす必要が出たからね。悪かった」

サドルはむっとした様子でミラクを見ると、腹立たし気な声を上げた。

「お前は関係ないだろう！　これはオレとシェアトの問題だし、元々、予定されていた仕事を、シェアトが何のフォローもなく突然すっぽかしたって話だ。お前なりの理由があるから、シェアトを許せとか言うわけじゃあないよな!!」

「それは……」

言いよどむミラクを前に、シェアトは一歩前に踏み出ると、サドルの肩に腕をかける。

「サドル、お前の言う通りだ！　お前は文句を言う権利があるし、オレは文句を聞く必要がある。ちょっと早いが食事に行かないか。言いたいことはまだたくさんあるだろうから、腰を落ち着けられる場所に行こうぜ」

シェアトは話を引き取ると、サドルと2人で食堂の方に歩いていった。

彼らの後ろ姿を悩まし気に見送るミラクを見て、先日、彼とサドルが言い争っていた場面を思い出す。

あの時はそれだけで収まらず、その後、ミラクとカノープスが口論になったので、いよいよどうしたのかしらと心配になったところ、カノープスが丁寧に説明してくれたのだ。

『本日を含め、サドルが3回連続で遅刻をしたため、ミラクが彼を叱っておりました。しかし、これまでサドルの勤務態度に問題はなく、前の所属でも評判がよかったため、何か理由があるのではないかと考え、私は彼に遅刻の理由を尋ねようとしました。すると、その行為をミラクに止められ、今度は私とミラクが口論になったというわけです』

続けて、ミラクが硬い表情で補足してくれた。

『ルールは守るためにあります。サドルの言い分を聞き、ルールに例外を作るのは簡単ですが、それは仕事に対して誠実とは言えません』

ミラクの言うことはもっともではあったけれど……世の中にはどうしようもないことがあるので、サドルがそのどうしようもない状況に陥っている可能性があるわよね、と思ったところで終わっていたのだ。

今回、ミラクは前回とは逆の立場に立たされていて、しかも、責められているのが彼自身ではなくシェアトのため、申し訳ない気持ちになっているのだろう。

カノープスを振り返ると、無言で首を横に振られたので、そっとしておくのがいいのかしらと思いながら数歩離れる。

けれど、そのまま別れる気持ちになれなかったので、私はもう一度ミラクに近付くと彼に話しかけた。

「ミラク、今日のおやつは『でかでかプリン』だって料理長が言っていたわ。私ひとりでは食べきれないから、あとでいっしょに食べましょうね」

ミラクが頷く姿を見てほっとする。

それから、これで大丈夫じゃないかしら、と心の中で呟いた。
世の中の多くのことは、甘いものを食べれば解決するようにできているのだから。

聖女を目指す

その日の晩餐の席に、おにー様は3人とも現れなかった。

おとー様とおかー様、おねー様、シリウス、私の5人だ。

関係があるのか分からないけれど、王城に戻った後、ウェズン総長とシリウスは国王の執務室に向かっていった。

そこでおにー様のことを話し合ったのかしらと考えながら、大好きな白パンを黙々と食べていると、おとー様が気遣わし気な表情で私を見てきた。

「セラフィーナ、今日はベガたち3人を救ったらしいな」

あら、よく知っているわね。やっぱり執務室でその話題になったのかしら、と思いながら首を横に振る。

「ううん、救ったのは私の騎士たちよ。おとー様がとっておきの騎士たちをそろえてくれたから、みんなとっても強かったの」

「何と、セラフィーナ、お前は6歳なのにもう謙遜することを覚えたのか！」

「けんそん？」

それは一体どういう意味かしら。

首を傾げると、おとー様は渋い表情を浮かべた。

「お前の兄たちに不足している資質のことだな。お前の力はすごかったと、お前の兄たちも言っていたぞ」

ということは、おとー様はおにー様たちとも話をしたのね。

「まあ、ベガやカペラ、リゲルが自分以外の者を褒めたんですか？」

おかー様がびっくりした様子で尋ねると、おとー様は「3人の言葉を解釈するとそういうことになるな」と答えた。

どうやらそのまま素直に受け取ったら、褒め言葉とはとても受け取れない言葉だったらしい。

「お兄様たちが褒めるなんて、すごいじゃない！　セラフィーナは小さいのに、立派な聖女なのね!!」

心から称賛してくれるおねー様を見て、いたたまれない気持ちになった私は正直に答える。

「じっさいはそうでもないの。今日だって、捕縛が上手くいかなかったし、おにー様がけがをしたことに、すぐには気付かなかったから。私はもっともっとすぐれた聖女になりたいわ！」

「えっ、さらに上を目指すの？」

予想外のことを聞いたとばかりに目を瞬かせるおねー様に続いて、おとー様が珍しく真剣な声を出した。

「そうなのか？」

「ええ、私はりっぱな聖女になって、シリウスや騎士たちを守るのよ！」

「セラフィーナ、私はこの間、お前がシリウスとともに戦場に出ることを許可したが、こんなに早くその機会が来るとは思ってもいなかった。確かにお前は戦う聖女になりたいと言っていたが、まだまだ先のことだと考えていたのに」

「今日はたまたまいっしょに戦うことになっただけよ」

「それで対応できることが異常なのだ。……しかも、シリウスもウェズンも、お前は立派に聖女としての役目を果たしたと報告してきた」

まあ、シリウスはまだしも、ウェズン総長はほとんどの時間私に背を向けて魔物を狩っていたのに、いつ私の働きを見ていたのかしら。

首を傾げる私に向かって、おとー様が悩まし気にため息をついた。

「困ったな。このまま他の者たちが、セラフィーナは戦場に立てる聖女だと認識してしまうと、いざその状況に陥った時、誰もがその役割を期待するようになる。この子は6歳だから、戦場に出るには早過ぎる。しかし、その場にセラフィーナ以外の聖女がいなければ、聖女としての対応を求められることになるだろう」

おとー様は指でとんとんとテーブルを叩いた。

「そうだとしたら……聖女として、もっと本格的に訓練させるべきなのか？」

おとー様の悩みはもっともだった。

戦場に出た時に怪我をしないようにと訓練させたら、そのことで私の聖女としてのスキルが上がり、皆にも聖女だと認識され、戦場に出る機会が増えることになるのだから。

だけど、それは願ったり叶ったりだ。私はシリウスを守るために、一刻も早く立派な聖女になりたいのだから。

私は食べていた白パンを皿に戻すと、がたりと椅子から立ち上がった。

「おとー様はこの間、『最上級のお姫様として甘やして育てるつもりだ』って言ってくれたわよね。でも、私は王女として大事にされるよりも、りっぱな聖女になってみんなを救いたいの！　それから、『すばらしい王女だな』って言われるよりも、『多くの人を救った聖女だ』って言われたいわ」

私が胸に秘めていた願望を口にすると、おとー様は動揺した様子を見せた。

「セラフィーナ！」

晩餐時の話題には適していないように思われたけれど、勢いが付いていたため止めることができず、ここぞとばかりに両手を合わせて頭を下げる。

「だから、おとー様、おねがいよ！　りっぱな王女になるためのおべんきょうよりも、りっぱな聖女になるための訓練をしたいの」

「そっ、それは……」

おとー様は言葉に詰まったけれど、私は分かってほしいとおとー様をじっと見つめる。

その時、シャウラおねー様がおとー様と私を交互に見つめながら、心底不思議そうに尋ねてきた。

「セラフィーナ、私も聖女なのよ。だから、週に2回、聖女としての訓練を受けているわ。聖女騎士団の団長からは、この練習量で十分、聖女としての高い技術が身に付くと太鼓判を押されたわ。私もあなたも赤い髪だから素質はあるはずだし、そんなに根を詰めて練習しなくても立派な聖女になれるわよ」

「おねー様……」

おねー様の言うことはもっともだ。

それなりの聖女になりたいのであれば、裁縫や外国語と同じように、週2回程度の訓練をしていれば十分かもしれない。

「それに、セラフィーナは王女だから、もう少し大きくなったらお茶会だとか、交流会だとか、外遊だとかに出なきゃいけなくなるわ。そういう場では、自分がいかに優れたレディーであるかをそれとなく自慢し合うものなのよ。さり気なくアルテアガ帝国語を話してみたり、古典詩を引用してみたりね」

つまり、王女として恥ずかしくないよう、アルテアガ帝国語や古典詩をさり気なく口にできるようになるまで学習しなければいけないということだろう。

「セラフィーナは王女だから、そういう席を全て欠席することはできないわ。聖女の訓練ばかりをして、王女としての教養が不足していたら、恥をかくのは自分なのよ。だから、聖女の訓練はほどほどにして、王女としての学習を優先させるべきだわ」

私はおにー様たちから、マナーがなっていないとちょくちょく馬鹿にされることを思い出した。

シリウスはいつだって悪口が過ぎるとおにー様たちを怒ってくれるけれど、おにー様たちは思ったことを口に出しているだけなのだ。

つまり、私のマナーがなっていないのはその通りなのだろう。

「くだらないと思うかもしれないけど、そういうことの積み重ねで『どこどこの姫は教養がある』とか噂になって、いいところにお輿入れしていくのよ」

おねー様はそう言った後、意見をうかがうかのようにおかー様を見つめた。

「ねえ、お母様、セラフィーナは王女としての楽しい経験が足りていないから、こんなことを言い出すんじゃないかしら?」

「えっ?」

私は騎士たちやセブンと楽しく過ごしているけれど、と思いながら聞き返すと、おねー様は自分が着ているドレスの肩口を両手で撫でる。

「綺麗なドレスを着ると楽しいわ。煌びやかな劇場に出掛けていって、いい席で劇を見るのも楽しいわ。王族が来るとね、演者は少し動きを変えて、私たちのためのセリフを言ってくれたりするの。そういう体験もときめくものよ」

「そうなのね」

おねー様が示してくれたのは、私が体験したことがない事柄ばかりだったため素直に頷く。

「セラフィーナは6歳だから、まだ何にも分かっていないのよ。王女としての教養を積んだ方が、絶対に楽しい人生になるんだから！」

おねー様の言いたいことは分かるような気がするし、私のことを思って発言してくれていることもよく理解できた。

確かに綺麗なドレスを着て、美味しいものを食べて、特別な演出をされた劇を見るのは楽しいだろう。

きちんとしたマナーや教養を身に付けることができ、大勢の者から『素晴らしい』『立派だ』と褒められたら嬉しいだろう。

でも、私がそうやって楽しんでいる間に、シリウスや騎士たちが怪我をしたならば、全ての楽しさや嬉しさは吹き飛んでしまうのだ。

この場にいる全員が、私が立派な王女になって、皆から敬われることを望んでいるように思われたため、反対意見を口にすることは勇気がいったけれど、私はぎゅっとお腹に力を入れると口を開く。

「私は……王女としてりっぱにならなくてもいいわ。おとー様とおかー様にはずかしい思いをしてほしくないから、王女としてのおべんきょうはするけど、りっぱだと言われなくてもいいの」

「セラフィーナ……」

困惑した様子の両親とおねー様を見て、３人を困らせていることに気付き、我儘を言っているのだわと申し訳ない気持ちになる。

けれど、どうしても聖女になりたいという気持ちが溢れてきたため、どうすればいいのか分からなくなって俯いた。

誰もが言葉を発することなく、しんとした沈黙が訪れたその時、椅子を動かす音が響く。

それから、かつかつという規則正しい足音が続き、誰かが私の後ろに立った。

それでも顔を上げられないでいると、後ろから手が伸びてきて私の両肩に置かれる。

「王、王妃、お２人の子どもとして生まれてきたことは、セラフィーナにとって幸福なことです」

シリウスの声が真後ろから響いてきたため、私の後ろに立っている人物がシリウスであることを理解する。

同時に、シリウスは私の味方をしてくれるのだわ、と嬉しくなった。

「どうかセラフィーナがもっと幸せになるため、彼女がやりたいことをやらせてあげてください」

シリウスの言葉は思いやりに満ちていたため、その深い声に胸がじんとする。

さらにシリウスの両手はとても温かかったため、ひやりと冷たくなっていた私の両肩を温めてくれ、私の体全体もぽかぽかしてきたのだった。

◇　◇　◇

「シリウス、お前はそう言うが、たとえこの子が望んだとしても、わざわざ苦労すると分かっている道を歩ませたくはない。確かに一度はセラフィーナが戦場に出る聖女になることに同意したが、まさか全てを犠牲にしてまで聖女になりたがっているとは思っていなかったのだ」

　おとー様の声はいつになくかすれていて、動揺している様子が見て取れた。

「戦場に出続けることがどれほど大変かはよく分かっている。これほど小さなうちから、そんな生活をさせたくはない。それから、こんなに可愛らしい王女が、教養が不足していると他の者たちに誹（そし）られる機会を与えたくない。セラフィーナがどれほど立派な聖女でも、貴族たちはこの子のマナーだけを見て、王女としてのよしあしを判断するだろうからな」

　顔を上げると、おとー様が苦悩する様子で頭を抱えていた。

「本人が望む道を歩ませることが、本当にこの子のためになるのか、私には分からないのだ」

　どうしよう。おとー様を悩ませるつもりも、困らせるつもりもこれっぽっちもないのに、おとー様は悩んでいるし困っているわ。

　もしかしたら私の発言は極端過ぎたのかもしれない。

　おとー様の反応を見るに、どうやら私が王女として暮らしながら、空いた時間で聖女をすると思っていたようだから。

おとー様をこれ以上困らせないためにも、前言を撤回すべきかしらと迷っていると、それまで黙っていたおかー様が口を開いた。

「王、少しよろしいかしら。ご存じの通り、私は王と結婚しました。けれど、王に求婚された時からずっと、私の家族はこの結婚に反対していたんです」

突然、おかー様が昔話を始めた理由は分からなかったけれど、おとー様は動揺した様子で持っていたグラスをテーブルに落とした。

「えっ、お、王妃、突然、どうしたんだい。気付いていないかもしれないが、私は今、セラフィーナの発言にものすごい衝撃を受けているんだ。これ以上の衝撃を与えられたら、この場で泣き出すかもしれないぞ」

おとー様は中身が零(こぼ)れて空になったグラスを再び手にすると、おかー様に泣き出しそうな顔を向けたけれど、おかー様はそ知らぬ顔で言葉を続けた。

「当時、私の家族が受けた衝撃と比べたら、どうということはありませんよ」

「そんな、酷い」

涙目で泣き言を言うおとー様を、おかー様は醒(さ)めた目つきで見つめる。

「王はこの通り、ふらふらして軽佻浮薄(けいちょうふはく)でしたし、当時の私には婚約寸前の方がいましたし、私の実家は伯爵家でしかなく、王家に嫁ぐには家格が不足していましたからね。苦労すると分かっている相手に、わざわざ嫁ぐ必要はないと、家族が反対したのです」

「ああ、当時の思い出が蘇ってきたよ！　私は一途な気持ちでひたすら伯爵家に通い詰めたというのに、伯爵たちは私を最上級にもてなしながらも、全然王妃に会わせてくれなかったからね。私は王妃の家族と接して初めて、慇懃無礼という言葉を覚えたよ」

おとー様は頭痛がするとでも言うかのように頭を抱えたけれど、おかー様は冷静な様子で頷いた。

「私は王と結婚する気はこれっぽっちもなかったので、家族は私の気持ちを尊重してくれたのですわ。ですが、ある日、私の気持ちが180度変わって、『王を守るのは私の役目だ』と思ってしまったのです」

おかー様の話の中に、やっとおとー様を受け入れる言葉が出てきたため、おとー様は嬉しそうに目を輝かせた。

「よかった！　それは私の人生で最も喜ばしい出来事だよ」

「ですが、家族からは引き続き反対されました。どうやら家族の目から見て、私の決断は不幸にしかならない間違ったものだと思われたようでした。それから、20年以上が経ちました」

おかー様がおとー様をじっと見つめたため、おとー様は動揺した様子で体を揺らす。

そんなおとー様を見て、おかー様がふっと小さく微笑んだ。

「私は王と結婚したことを、一度も後悔していません。思い返してみれば、苦しいことも悲しいこともありましたけど、その最中ですら、自分の決断を後悔しなかったのです」

「王妃……」

感動した様子のおとー様に、おかー様はにこやかに微笑んだ。

「同程度の貴族に嫁いで、穏やかで誰からも幸せだと言われる生活も選べたのでしょうけど、その道を辿ったとして、満足して幸せだったと思えるかは疑問ですわ。少なくとも、この生活以上のものではなかったと、自信を持って言うことができます」

おかー様の態度に安心したのか、おとー様はうんうんと大きく頷いて同意を示す。

「分かる、分かるよ！　王妃の夫は実に立派な人物だから……」

「王」

おかー様が諫める言葉を口にした途端、おとー様がぴたりと口を噤んだのは、夫婦生活のたまものだろう。

けれど、おとー様は往生際悪く、自分が立派な人物であることを強調しようとしていた。

「私の発言は事実だ！　事実ではあるのだが、王妃が言いたかったことはそういうことではないのだろうな」

おとー様はしばらく考える様子を見せた後、何かを決断したかのようにぴしりと自分の膝を打った。

「分かった！　私は腹をくくるよ！　セラフィーナが望むのならば、父親として後押ししよう。私だってセラフィーナが可愛いから、いつだって笑っていてほしいからね」

「えっ！」

突然のお許しに、びっくりして目を丸くする。

そんな私に対して、おとー様は諦めた表情を見せた。

「セラフィーナは王妃の娘だからね。しっかりしているし、苦労をものともしない強い部分があるのだろう」

そう言うと、おとー様は重々しく頷く。

「セラフィーナ、お前の望みを叶えよう。今すぐにでも第一線に出たいと思い、実際に出る場面がありそうだというのならば、その際に怪我をしないよう聖女としての訓練を増やすとともに、全ての勉強に優先させることにする」

「おとー様！」

嬉しくて呼びかけると、おとー様はきりりと表情を引き締めた。

「ただし、これは暫定的な措置だ。王妃が私との結婚を決断したのは19歳の時で、常識や判断力を十分身に付けていたから、6歳のセラフィーナとは状況が異なる。様々なことを知ることで、考えが変わることもあるだろう。だから、その時はすぐに私に言いなさい。王女としての生活に切り替えるから」

おとー様は私に話をしているのだろうけれど、後半部分はシリウスを見つめていたので、彼にも言い聞かせていたのだろう。

「それから、もう1つ。セラフィーナは騎士とばかり一緒にいるから、華やかな生活への理解が低いというのはその通りだ。今後は週に一度、王妃かシャウラとともに華やかな場所に出掛けるようにしなさい」

おとー様の言葉を聞いたおかー様とおねー様は、嬉しそうな笑みを浮かべる。

「まあ、それは楽しみだわ」

「わあ、嬉しい！　セラフィーナ、色んなところに行きましょうね」

戸惑いながらも頷いたところ、おとー様がテーブルに突っ伏して、この世の終わりのような声を上げた。

「はあああ、しかし、こんな決断をして私は大丈夫なのか？　こんなに可愛らしいセラフィーナが馬鹿にされることがあったら、私は泣くからな！」

「決してそのようなことが起こらないよう、私が手助けします」

おとー様は顔を半分だけ上げると、さらりと答えたシリウスを睨みつける。

「はん、完璧で完全なるユリシーズ公爵閣下の手助けか！　お前が本気になれば、その権力でもって何だって可能だろうが、私はお前が全力で権力を行使することを推奨しないからな」

「……覚えておきましょう」

それまでの会話の続きではあったものの、まるで含みがあるかのように一部分だけ口調を変えたおとー様を見て、どういうことかしらと首を傾げる。

けれど、その後の会話は普段の調子で流れていったため、気のせいねと聞き流すことにした。

その後、おとー様とおかー様が話を始めたのを見て、私は後ろにいるシリウスを見上げる。

「シリウス、これからは王女としてのおべんきょうはほどほどにして、聖女の訓練を頑張るわね！」

おとー様からお許しがもらえた喜びで、自然と顔がにやけてしまう。

今後は好きなだけ聖女の訓練をして、皆と一緒に戦えるのだわ。

そう考えて笑みをこぼす私に、シリウスは小さく微笑んだ。

「よろしく頼む、オレの聖女」

「もちろんだわ、私の騎士様！」

シリウスと一緒に戦場に出られるようになるには、たくさんの訓練が必要だろう。

それは大変なことかもしれないけれど、守りたい人がいて、そのための能力があるというのは幸せなことだわ、と私は思ったのだった。

ガレ金葉の秘密

「あっ、色が変わってきたわ！」

ガレ村からもらってきた『ガレ青葉』と『ガレ赤葉』の苗を王城の庭に植えてから、3週間が経過した。

足首までしかなかった小さな苗が、私の身長を超えるまでに大きく生長し、少しずつ葉の色を変えてきたため、思わず喜びの声が漏れる。

収穫できるほど大きく育つには時間がかかるだろうからと、ガレ金葉を求めて『星降の森』に行ったのは2週間ほど前だ。

残念ながら、見つかった植物はガレ金葉ではなかったため、地道に育てることにしたのだけれど、実際に栽培してみるとガレシリーズの生長はものすごく速かった。

小さな苗の状態から収穫できるほど大きく生長するまで、3週間しかかからなかったのだから。

「こんなに速く生長することが分かっていたなら、わざわざ『星降の森』に行かなかったのに」

ぷうと頬を膨らませながら薬草に水をやっていると、隣で聞いていたセブンが疑わし気な視線を送ってくる。

《どうかな。フィーはいつだって楽をしたがるから、分かっていたとしてもやっぱり森に行ったんじゃないの？》

「んんん」

セブンの言葉を否定できなかったため、私はイエスともノーとも取れる曖昧な返事をすると、誤魔化すための言葉を呟いた。

「あの時ちゃんと保険をかけて、ガレシリーズの薬草を育てていてよかったわ。おかげで、あと2、3日でしゅうかくかしら！」

セブンはわざとらしいため息をついたものの、変色してきた葉っぱを物珍しそうに覗き込む。

《面白い薬草だよね。生長すると葉の色と効能が変わる植物なんて、初めて見たよ》

「そうね、しかもすごく生長が速いわ」

セブンはちらりと私を見た。

《それはフィーの魔力量が多いからでしょ。この薬草の一番珍しいところは、栄養分の多くを魔力から吸収するところだよ。フィー以外の聖女が育てたら半年くらいかかるだろうし、魔力を流さずに育てたら1年くらいかかるんじゃないの？》

「そんなに？」

びっくりして聞き返すと、おかしそうに肯定される。

《そんなにだよ。少しだけど葉に金色が出始めているね。このまま上手くいけば、ガレ金葉に生長するんじゃないかな》

セブンの言葉を聞いた私は嬉しくなって、両手と片足を高く上げた。

「はんにゃらー、ほんにゃらー、ガレ赤葉よー、ガレ金葉に変わりたまーえー！」

祈りの踊りを始めると、セブンも一緒になって踊ってくれる。

空中をくるくると回るセブンを見て、私は目を輝かせた。

「セブン、とっても踊りが上手だわ！　これならばきっとガレ金葉に変わるわよ！」

《その通り！　この僕が祈りの踊りをしたんだから、もちろん変わるに決まっているさ》

自信満々なセブンを見ていると、彼の言葉通りになるような気がしてくる。

私の可愛らしい精霊は予言の能力も持っていたのかしら、と楽しくなった私は顔をほころばせたのだった。

◇　◇　◇

数日後、ガレ金葉の収穫時期を迎えた私は、感動で目を潤ませた。

というのも、私の目の前には小規模ながらも、キラキラと金色に輝く薬草園が広がっていたからだ。

「ううう、くせつ3週間と2日、やっとガレ金葉のしゅうかく時期を迎えたわ！　というか、本当にガレ金葉が栽培できたのね！　金色に変色しはじめてはいたものの、最後までどうなるか分からなかったからドキドキしたわ。この喜びをミラクと分かち合わないと」

問題はどうやって、ミラクにガレ金葉のことを知らせるかよね。

ミラクの目の前にガレ金葉を差し出すのもいいけれど、彼が自ら『これはガレ金葉だ！』と気付いてこそ、喜びが大きくなるんじゃないかしら。

そう考えた私は、ミラクがガレ金葉に気付くためのイベントを開くことにした。

「よし、彼とおちゃかいをしましょう！　ついでに、ミラクがどれほどガレ金葉を知っているかのテストをするわ」

ミラクを試すためのアイディアがどんどん出てきたため、翌日、私は早速ミラクを私の庭に呼び出した。

大きな木の下にパラソル付きのガーデンテーブルと椅子を並べ、その1つに座ってミラクを待つ。

ガレ金葉に気付いた瞬間、きっとミラクはびっくりするわよ、とにましていると、背後から彼の声がした。

「セラフィーナ様、お呼びとうかがいました」

ぱっと振り返ると、ミラクが小走りで駆けてくる姿が見えたため、来たわねとにやりとする。

私は立ち上がると、ミラクの席を片手で示した。

「ミラク、座ってちょうだい。おちゃかいをしましょう」

「お茶会？　僕とセラフィーナ様でですか？　……えっ、一体何が始まるんですか!?」

戸惑った表情をするミラクに、私は無邪気そうな笑みを浮かべる。

「うふふふふ、楽しいおちゃかいよ」

ミラクが椅子に座ると同時に、控えていた侍女が寄ってきて、お茶を淹れてくれた。

ようし、まずはノーヒントでテストをするわよ。

このお茶にはガレ金葉の葉を使用してあるのだけど、果たしてミラクは気付くかしら。

どきどきしながら見守っていると、ミラクはカップを手に取り、お茶の色を確認することなく口元に持っていった。

「ありがとうございます。ああ、走ってきたのでお茶が美味しいです」

そう言うと、ミラクはがぶがぶと一気にお茶を飲み干してしまった。

えっ、お茶会のお茶はそんな風に一気飲みするものじゃないはずだけど。

慌てて飲み干したせいか、ミラクはガレ金葉のお茶だということにこれっぽっちも気付いていない様子だ。

ああー、ガレ金葉が失われたのはミラクが生まれる前との話だったから、そもそもミラクはこの薬草の味を知らないのかもしれないわ。

こうなったら、次々とヒントを出すしかないわねと思ったその時、第一騎士団のルクバーがこちらに向かって歩いてくるのが見えた。

あら、私の庭に来るということは、ルクバーは私に会いに来たのかしら。

いや、待って。ルクバーはミラクと同じ村の出身だったわよね。

そのことに気付いた私の目がきらんと光る。

「セラフィーナ様、少々お時間をいただいてもよろしいでしょうか」

ルクバーは私の数歩手前で立ち止まると、礼儀正しくお辞儀をした。

まあ、何ていいタイミングで訪ねてきたのかしら。

うふふ、こうなったらルクバーにも、ガレ金葉テストを受けてもらうことにしよう。

「もちろんよ、ルクバー。おちゃかいをしているところだから座ってちょうだい」

「はっ、お、お茶会でございますか？」

騎士にとって王族はあくまで護衛対象のため、私と一緒に座ってお茶会に参加するという発想がルクバーにはないようだ。

そのため、彼は戸惑った様子でうろうろとしていたけれど、私の前に座る男性がミラクだと気付いた途端、動きを止める。

「お、おい、ミラク、お前は何をやっているんだ！　王女殿下の前で椅子に座るなど、近衛騎士としてあるまじき態度だぞ!!」

「それが姫君のご要望だからね」

ルクバーはしれっと返すミラクに目をむき、どうすべきなのか迷った後、意を決した様子で椅子をどけ、空いた場所に正座した。

「えっ？」

地面の上にきちんと両膝を揃えて座り込んだルクバーを見て、一体何をしているのかしらと思ったところで、今度はシェアト、ファクト、ミアプラキドスの3人がやってくる。

あー、この3人はいつだって楽しい人たちなのだけど、ガレ村出身ではないので、ガレ金葉テストにはお呼びじゃないのよね。

そんな私の心の声は聞こえなかったようで、3人は足早に近付いてくると、険しい表情でルクバーを見下ろした。

「おい、ルクバー、うちの姫君に近付いてんじゃねぇよ！」

「お前は近衛騎士を敵視しているんだろ！　向こうへ行け!!」

「姫君に少しでも失礼なことをしたら、マジで叩き潰すからな!!」

あらまあ、私の立派な騎士たちが、柄の悪い暴れん坊少年のようになってしまったわよ。

「ルクバーはれいぎ正しかったわよ。私の騎士たちの方がらんぼうに見えるけど」

それとなく指摘すると、3人は嫌そうに顔をしかめ、再びルクバーに文句を言った。

「ルクバーが礼儀正しいって……お前、どんだけ姫君の前で猫を被（かぶ）ってんだよ！」

「はっ、典型的な小物だな！　外では勇ましいことを言っていても、実際に王族を前にすると、媚（こ）

びへつらうんだからな」

「オレは裏表があるやつが一番嫌いだ！」

普段、相手の悪口を言わない3人が揃って敵愾心（てきがいしん）を見せるのだから、ルクバーとは相当そりが合わないようだ。

先日、この3人はルクバーと喧嘩をして護衛業務から外され、訓練漬けの日々を送ったので、恨めしい気持ちが残っているのかもしれない。でも……

「ルクバー、私の騎士たちの口がわるくてごめんなさいね。いつもはすごくれいぎ正しいのよ。そして、彼らがこんな風になるのは、いつだって私のためなの。だから、皆のちゅうぎ心のあらわれだと考えて許してやってちょうだい」

私の言葉を聞いた全員が、はっとした様子で目を見張った。

けれど、シェアト、ファクト、ミアプラキドスの3人はすぐに、感じ入った様子で目元を押さえる。

「マジか、まさか姫君がオレたちの気持ちを分かってくださるとは思ってもみなかった」

「ああ、今の場面であれば、私たちの態度が悪いと叱責するのが普通だからな」

「暴言を吐く騎士を庇うって、うちの姫君はやっぱり天使じゃないか！」

ミラクは3人の言葉に頷いた後、嬉しそうな笑みを浮かべた。

「さすがは僕たちのセラフィーナ様です！」

一方、ルクバーは青ざめて頭を下げる。

「いえ、王女殿下、とんでもないことです。彼らがオレを悪く言うのは当然のことです。オレは……第二王女殿下を誤解していて、第一騎士団内でも彼らの前でも酷いことを言いました。誠に申し訳ありません」

「ひどいこと？　それはどんなことかしら？」

多分、さっきから私の騎士たちがいつになく暴言を吐いていたのは、この『酷いこと』を私に聞かせたくなかったからだろう。

だからこそ、ルクバーに文句を言いはしたものの、彼の具体的な言動を指摘しなかったのだ。

一体何を隠そうとしているのかしらと思いながら尋ねると、私の騎士たちは慌てた様子を見せた。

「ひ、姫君！　そこは追及する必要がない事柄ですよ！」

「ルクバーの悪口は事実無根のものばかりですので、聞いてもいいことは一つもありません!!」

「ふうん、でもごかいされているのなら、『ちがうわよ』と教えてあげないと、ルクバーはまちがったままでいるんじゃないかしら」

ルクバーと私はこれっぽっちも接点がないから、私のことを知らないのは当然よね。

だから、誤解しているのだとしたら、正すのは私の役割じゃないかしら。

そんな気持ちを込めてルクバーをじっと見つめていると、彼は根負けした様子で口を開いた。

「その……セラフィーナ様は王城で暮らせない大きな問題を抱えていたのではないかということを

申し上げました」

「えっ、それはごかいじゃなくて事実だわ。私は生まれた時から最近までずっと目が見えなかったの。だから、心静かにくらせるようにと、りきゅうで生活していたのよ」

「えっ！」

「なっ」

「そ……」

驚く騎士たちを見て、あ、これは秘密だったんだわ、と慌てて自分の口を押さえる。

「あっ、これはおにー様やおねー様も知らない秘密だったわ。他の人に知られると、弱みになるからだまっていなさいって言われたんだったわ。ええと、そういうことだから、他の人には言わないでね」

その場の全員が大きく頷いたので、ほっと胸を撫で下ろしていると、ミラクが気遣わし気な様子で尋ねてきた。

「セラフィーナ様、聞きにくいことを聞いてもいいですか？　不自由だったという目は完治されたのでしょうか？」

まあ、心配してくれるのね。

「ええ、シリウスがりきゅうまで迎えに来てくれたのだけど、その時に治ったわ！」

「「それはよかったです!!」」

騎士たちが安心した様子を見せたため、すごく心配させたのかしらと申し訳ない気持ちになる。

悪かったわと反省していると、シェアトが気掛かりな様子で尋ねてきた。

「姫君の目ですが、もしも再発の可能性があり、オレらが気を付けることで予防できることがあれば、事前に教えてもらえると助かります」

「さいはつはしないと思うわ。私の目が見えなかったのは『精霊王の祝福』だったからで、病気ではなかったの」

再び目が見えなくなることはないはずよ、と思いながら答えると、騎士たちは不思議そうに首を傾げる。

「精霊王の祝福？」

「セラフィーナ様は目が見えなかったんですよね？　それは祝福とは言わないいんじゃないんですか？」

至極当然の質問を返してきた騎士たちに、私はにこりと微笑んだ。

「目が見えないことで、精霊王は私と精霊の世界をつないでくれたのよ。おかげで、私は精霊の言葉が分かるようになったわ」

「ああ！」

「そういうことですか!!」

思い当たることがある騎士たちはうめき声を上げると、何かを思い出した様子で言葉を続ける。

「「確かに姫君は、初代様の宮殿で初代様と一緒に、よく分からない音を出し合っていましたよね!!」」

納得した様子の騎士たちとは対照的に、ルクバーが1人理解できない様子で目を瞬かせていたけれど、私の騎士たちはそんな彼に説明するでもなく、怖そうな顔で取り囲むと、脅すかのように普段より低い声を出した。

「おい、ルクバー、聞いた通りだ！　うちの姫君は王城で暮らせないほど大きなギフトを抱えていたから、離宮で暮らしていたんだ」

「『精霊王の祝福』という特別な恩恵を受け、精霊と話せるという特殊能力を獲得した特別なご存在だから、誰にも攫われないように王都から離れた森の中に隠していたのだ」

「分かったら、このことは他言するなよ！　姫君の特殊性が世に広まっても、いいことは何もないからな!!」

まあ、私の騎士たちはとんでもないわね。

たった今聞いた情報をすぐに消化したことは称賛に値するけれど、それらの情報を並べ立てて、ルクバーを恫喝しているわ。

うーん、私の騎士たちはなかなかの悪党じゃないかしら。

そんな私の考えは間違っていなかったようで、皆の脅しが効いた様子のルクバーは、地面の上に正座をしたまま青ざめた顔で頷いたのだった。

「じゃあ、そろそろおちゃかいをはじめてもいいガレか？」

私は気を取り直すと、皆にお茶会の再開を打診した。

私の騎士たちが現れたせいで目的がズレてしまったけれど、そもそも私はガレ村出身の騎士たちとお茶会をしようとしていたのだ。

賢い私は、言葉を発する際にガレ金葉のヒントをさり気なく盛り込んでみる。

先ほど、ノーヒントでガレ金葉のお茶を出してみたところ、ミラクはこれっぽっちも気付かない様子だったので、このままでは同じことの繰り返しだと思ったからだ。

改めてルクバーに着席するよう声をかけると、シェアト、ファクト、ミアプラキドスの３人が、自分たちも同席したいと要望してきた。

「姫君、オレたちも座って茶を飲みたいです！」

「たった今、副総長に王城の周りを10周走らされたので、喉が渇いているんです！」

「足もがくがくしていて、とても立っていられません！」

うーん、私の騎士は立派な筋肉を持っている割にはひ弱なようね。

そんな騎士たちならば、ガレ金葉のお茶が必要かもしれないと思い、侍女たちに椅子を追加するようお願いする。

するとと、3人は自分たちで椅子を取りに行き、私の隣に並べた。

「ルクバー、お前が姫君の隣に座るのは1万年早いからな！　お前は分かったつもりになっているかもしれないが、オレに言わせればまだまだだ！　姫君の素晴らしさを欠片ほども理解できちゃいねえ！」

「謝ったくらいでお前の罪が許されると思うな！」

「というか、お前は副総長の特訓を受けてないから、体力が余っているだろう！　茶会の間、空気椅子トレーニングをしておけ」

うーん、やっぱり私の騎士たちはルクバーへの態度が悪い気がするわ。

「それでいいのかしら？　みんながのんびりとおちゃを飲んでいる間、ルクバーだけが訓練をしたら、彼だけがりっぱな筋肉もちになるガレよ」

3人が気付いていないであろう事実を指摘すると、私の騎士たちはぐっと唇を噛み締めた。

「……やっぱり椅子に座ることを許してやろう！」

シェアトが不承不承ながらも着席の許可を出したところを見ると、どうやらルクバーに対する怒りは、彼が立派な筋肉持ちになるかもしれないと想像した場合の悔しさよりも少ないらしい。

これでやっとお茶会を始められるわ、と安心した私は侍女に頼んで新たにお茶を出してもらう。

「さあ、どうぞめしあガレ」

にこにこと笑顔で淹れたてのお茶を勧めると、なぜだか騎士たちは用心深い顔をした。

さすが私の騎士たちだ。私が何かを企んでいることに気付いたようだ。

それはミラクも同様で、先ほどとは異なりじっとティーカップを眺めている。

一方、ルクバーだけは何も気付いていない様子で、「王女殿下、いただきます！」と言いながらごくごくとお茶を口にした。

どうやらこの場で一番純真なのはルクバーらしい。

近衛騎士たちは無言のままルクバーの様子を見つめていたけれど、彼が「美味しいです」と口にし、体調も問題がなさそうなのを確認すると、意を決したようにカップを手に取った。

どうやら私の騎士たちはこっそりルクバーに毒見役を割り当てていたようだ。

「まあ、私の騎士たちがどんどん悪がしこくなっていくガレよ」

果たしてこれはいいことなのかしらと疑問に思っていると、ミラクがカップ半分くらい飲んだところで、考え込むかのように動きを止めた。

「……このお茶は何ですか？　先ほどは急いで飲んでしまったため気付きませんでしたが、飲めば飲むほど少しずつ体にエネルギーがチャージされていく感じがしますね」

「へー、そうガレか」

さすがミラク。ガレ金葉は様々な病気にかかりにくくなる効果があるから、体の変化を正しく感じ取っているわね。

他の騎士たちも「ミラクの言う通りだな」と言いながら体をさすっていたので、どうやら敏感なタイプのようだ。

「おちゃのわずかな効果を感じ取れるなんて、みんなすごいガレね」

「騎士は体が資本ですから。毎日毎日、自分の肉体と向き合っていると、わずかな変化でも敏感に感じ取れるようになるんです」

なるほど、ごもっともだわ。

というか、さっきから私の発言全てにヒントを交ぜているのだから、そろそろ誰か気付いてくれないかしら。

それとも、もっとあからさまなヒントを示さないと、筋肉以外に興味がない騎士たちは気付いてくれないのかしら。

そう考えた私は、最後に最大のヒントを出すことにする。

「ああ、お茶をのむのに髪がじゃまガレね。髪かざりでとめないといけないガレ」

私は自然に聞こえるように口にすると、侍女を呼んで、前から準備していた髪飾りを付けてもらった。

騎士たちは興味がない様子ではあったものの、騎士の習性として、侍女と私の動きを目で追っている。

さあ、どうかしら、ガレ金葉の髪飾りよ！　と、騎士たちの表情をうかがう。

すると、皆は感心した様子で頷いた。

「へー、葉っぱの髪飾りというのがあるんですね！」

「きらきらしていて姫君にお似合いですよ！」

……駄目だこれは。材料が葉っぱで、きらきらしていることまで把握しているのに、どうしてガレ金葉だと気付かないのかしら。

こうなったら一切出し惜しみせず、これでもかとヒントを出すしかないわね。

「ありがとうガレ！　とってもうれしいガレ！　きらきらきらきらガレきらきら」

ここぞとばかりにガレ金葉であることを仄めかしながら、きらきらと輝く様を手の動きで表現してみると、騎士たちは若干引いた様子を見せた。

「なんてことかしら！　自分たちが鈍感なだけなのに、ヒントを出した私をかわいそうな子あつかいするなんて」

騎士たちの憐れむような眼差しを見た私は、割に合わないと愚痴を零す。

というか、こんな鈍感な騎士相手では、10年経ってもガレ金葉に気付かないんじゃないかしら。

私は髪に付けたばかりの髪飾りを外すと、テーブルの上に置いた。

「もんだいです。これはなんでしょうか？」

こうなったらストレートに聞くしかないわ、とずばり質問すると、シェアトが戸惑った様子で尋ね返してくる。

「はい？　もちろん髪飾りですよね？」

「そうではなくて、なんのかざりでしょうか？」

もう一度尋ねると、ミアプラキドスが考えるかのように首を傾げた。

「先ほど姫君がご自分で言われたように、きらきらした葉っぱですよね。あっ、もしかしてずっと、言葉の中に『ガレ』を含んでいたのはそういうことですか？　その髪飾りは『ガレ金葉』を模しているんですかね？」

「なんたる鈍感さ！」

これは無理だ。１００年待っても誰も気付かないわ。

「一体どうしたらこの葉っぱを偽物だと思うのかしら？　これは本物よ！　ふしょうセラフィーナ、ガレ金葉の栽培にせいこうしました！」

じゃじゃーんと胸を張ってみたけれど、騎士たちの反応は薄かった。

全員が戸惑った様子で目を瞬かせた後、代表してファクトが言いにくそうに口を開く。

「……姫君は最近、ずっと忙しそうにしていて、何かを研究したり、実験したりする時間はありませんでしたよね。ガレシリーズに関してやったことと言えば、せいぜいもらってきた薬草に水をあげたことくらいでしょう。それでガレ金葉の栽培に成功したというのは、少し無理がありませんかね？」

「水だけじゃなくて、魔力もそそいだわ」

まだまだ分かっていないわね、とさらに胸を張ると、ファクトが戸惑った声を出した。

「えっ、薬草に魔力を流したんですか？　そんな突飛なことをして、よくガレシリーズの薬草が枯れなかったですね」

いや、ガレシリーズはそういう薬草だから。

説明すると長くなりそうなので、声に出さずに心の中で言い返していると、ミラクが感謝の言葉を口にした。

「セラフィーナ様がガレ金葉について発言してくださったのは、きっと僕のためですよね。お気持ちは十分いただきました」

「ん？」

はて、（髪飾りの一部になっているとはいえ）実際のガレ金葉を目の当たりにしたうえ、お茶を飲んで効果まで感じたのに、どうしてガレ金葉の栽培に成功したことを信じてもらえないのかしら。

「気持ちも込めたけど、じっさいにガレ金葉を作ったのよ！」

もう一度、ガレ金葉の栽培に成功したのだと主張すると、ミラクが困ったように眉尻を下げた。

「セラフィーナ様、僕の村は薬草を栽培しているだけあって、皆、その知識に長けています。そんな僕たちが20年かけても、ガレ金葉の栽培に成功しなかったのです。それを1か月弱の期間で成し遂げるのは、ものすごく難しいことです」

それまで黙っていたルクバーもおずおずと口を開く。

「ミラクのためにここまでしてくださったんですね。王女殿下はお優しいです」

「ああーう、作戦しっぱいだわ！」

皆の発言から判断するに、この場の全員が、私はガレ金葉の栽培に成功していないにもかかわらず、ミラクを慰めるために優しい嘘をついたと考えているようだ。

ミラクが自分でガレ金葉であることに気付いたら、喜びが大きくなるんじゃないかしらと考えて色々と画策したけれど、そもそもそんなことは不可能だったのね。

これほど勘が悪ければ、自らガレ金葉だと気付くことなんてあり得ないもの。

私は全員がお茶を飲み終えていることを確認すると、椅子から立ち上がった。

「みんなに見せたいものがあるの」

ああー、こんなことならお茶会を開いたりしないで、最初からガレシリーズの薬草園を見せればよかったわ。

そう考えながらずんずん歩いていくと、私の後を付いてきた騎士たちが興味深そうにきょろきょろと辺りを見回す。

「王女殿下のお庭の奥は、こんな風になっていたんですね。茶会の後に庭園散策とは、実に優雅ですね」

ルクバーが私の庭を褒めたところ、ミラクがすかさず注意を促す。

「それはどうかな。僕はガレシリーズの薬草を植える時に、この庭に入ったことがあるが、日当たりがいいのは薬草を植えた一角だけだったよ。他は昼間でも陽が射さない場所ばかりだから、一般的な『庭園探索』のイメージからは程遠いんじゃないかな。だけど、これが姫君が落ち着く場所であれば、尊重するまでだ」

まあ、ミラクったら好き勝手言ってくれちゃって。

だけど、私はそんなミラクのために薬草園を作ったのだから、どうか驚いてちょうだい。

「ミラク、ルクバー、私が見せたいのはこの薬草園よ！」

そう言うと、私はガレシリーズの薬草が植わっている薬草園を指し示した。

とは言っても、ガレ村からもらってきたのはガレ青葉とガレ赤葉を10株ずつだ。

それ以外の薬草は植えていなかったため、私の言う『薬草園』は薬草が20株しか植わっていない小さなスペースでしかなかったし、ガレ金葉はそのうちの10株だけだ。

だから、迫力が足りないことは分かっていたけれど、言い切ることが大事だと学習していたので、さもすごいことのように声を張り上げてみる。

「ふしょうセラフィーナ、ガレ金葉の栽培にせいこうしました！」

実際に実物を見てもらったことだし、今度こそはと思いながら、先ほどと同じくじゃじゃーんと胸を張ってみたけれど、騎士たちの反応はまたもや薄かった。

驚きの声を上げるでも、飛び上がって喜ぶでもなく、表情を変えることなくじっとガレ金葉を見つめている。

「あ、あれ、これもダメ？　もしかしたらガレ金葉を栽培したことは、驚くようなことではなかったのかしら？」

遅まきながらその可能性に思い当たった私は、がっくりと肩を落としたのだった。

私がガレ金葉を育てるためにやったことは、薬草に魔力と水を注いだことだけだ。

冷静に考えると大したことはしていないわね、と顔をしかめていると、ミラクとルクバーがどすんとその場に座り込んだ。

「え？　ど、どうしたの？」

びっくりして声をかけると、２人は呆けた様子でガレ金葉を見つめていた。

「こ、腰が抜けました」

「あれは本物ですか？」

「もちろんよ！　さっきからそう言っているでしょ」

ガレ金葉の栽培は思っていたよりも大したことじゃないと結論が出たところだし、さすがに腰が抜けるほど驚くことはないだろう。

私を喜ばそうとしているのかもしれないけれど、演技過剰じゃないかしらと考えていると、ミラクとルクバーは地面に座り込んだまま、きらきらと瞳を輝かせた。

「セ、セラフィーナ様、あれは本当にガレ金葉なんですか？　偶然にもどこかでガレ金葉を見つけて移植した、といったとんでもない幸運に見舞われたんですか？　ああ、これは本当にすごいことです！　この20年間、誰も見つけることができなかったガレ金葉を、姫君はわずか1か月足らずで見つけたのですから!!」

「ほ、本当に葉がきらきらしているぞ！　年寄りたちが大袈裟に語っているだけだと思っていたが、ガレ金葉は何て神秘的なんだ!!」

2人の興奮した様子を見て、あら、これは本当に驚いているようねと、にまりと笑みを浮かべる。

「本物かどうか、自分の目でたしかめてみたらどうかしら？」

私の提案に従って、ミラクとルクバーは足をがくがくさせながらも立ち上がると、他の騎士に助けられながらガレ金葉まで歩いていった。

それから、感じ入った様子でガレ金葉を見つめる。

しばらくすると、2人は震える手で剣の柄に手をかけ、その中に収めていたガレ金葉を取り出した。

「枯れているから色は分からないが……形は同じだな」

「ああ、同じだ。そして、この薬草園に生えている薬草の葉は間違いなく金色だ。つまりこれは……ガレ青葉でも、ガレ赤葉でもなく、間違いなくガレ金葉だ！」

感動した様子の2人を横目に見ながら、ファクトが理解できないとばかりに眉根を寄せる。

「セラフィーナ様、この場所にはガレ青葉とガレ赤葉が植えてあったと記憶しています。より正確に言うと、ガレ青葉が植えてあった場所にガレ赤葉が、ガレ赤葉が植えてあった場所にガレ金葉が植え直してあります。他にもスペースはあるのに、なぜわざわざ植え替えたんですか？　そして、ガレ青葉がなくなっていますが、どちらかに移植したんですか？」

さすがファクト。よく見ているわね。

「植えかえたんじゃなくて変色したのよ。ミラクがガレシリーズは元々、1種類の薬草だったたって言っていたわ。彼の言う通りで、この3種類の薬草は全部同じものなの。ガレ青葉の苗に魔力を流して生長させるとガレ赤葉に変化して、ガレ赤葉に魔力を流して生長させるとガレ金葉に変化するのよ」

無言で眼鏡を触るファクトとは異なり、ルクバーとミラクは驚愕した声を上げる。

「……はい？」

「ま、待ってください！　つまり、姫君は僕の村からガレ青葉とガレ赤葉を持ち帰りましたが、それらがガレ赤葉とガレ金葉に変わったと言うんですか？」

衝撃を受けた様子の2人に、私はその通りだと頷いた。

「ええ、そうよ」

すると、ミラクは動転した様子で首を横に振った。

「ですが、この薬草は生長するまで1年かかります！　姫君がこの薬草を持ち帰ってからまだ1か月も経っていません!!」

どうやらミラクにとって、1か月程度で薬草が別の種類に変わったというのは、にわかには信じがたい話のようだ。

「ガレシリーズの薬草は、魔力を流さずに育てたら1年かかるらしいわ。でも、魔力を流して育てれば、1か月から半年で収穫できるみたいよ」

「『半年!!』」

突然、ミラクとルクバーが大きな声を出したので、びっくりして理由を尋ねる。

「どうしたの？」

「いえ、以前……それこそオレたちの村でガレ金葉が収穫できていた20年前は、薬草を植えてから収穫するまでの期間が半年だったと聞いています」

ルクバーの答えを聞いたファクトが、考える様子で眼鏡を押し上げた。

「何とも不思議な話ですね。ガレシリーズは生長する薬草で、第一代は青葉、第二代は赤葉、第三代が金葉というわけですか。そして、金葉の次は再び青葉に戻る、ということでしょうか？」

「さすがファクトね！　その通りよ」

一瞬で仕組みを理解したファクトに感心していると、私の横でミラクが肩を震わせる。

俯き、動揺している様子のミラクを見て、衝撃的な話だったかしらと心配していると、突然、彼が上体を起こして笑い声を上げた。

「あはははは！」

おかしくて堪らないとばかりに、大声で笑い始めたミラクを見て、びっくりして目を丸くする。

どうしよう、ミラクがおかしくなっちゃったわ。

「セラフィーナ様、信じられない話ですね！　青い葉が赤に変わるんですか！　さらに金色に!!　もうダメだ、僕の常識ではさっぱり理解できない!!」

「そ、そうかもしれないわね」

ミラクが普段とは異なり、ものすごく興奮していることが分かったので、これ以上刺激しないようにと同意の答えを返す。

ミラクはひとしきり笑った後、突然、脈絡がないことを言い出した。

「サドルに謝らないと」

サドルとは言わずと知れた、先日ミラクが口論をしていた騎士だ。

どうしても考え方が合わないため、これまで仲違いしていた相手だったはずだけど、どうして突然、謝罪する気になったのかしらと不思議に思っていると、ミラクはさっぱりした表情で明るい声を出した。

「これほど明らかな答えが出たんですから、さすがに気付きますよ。僕の信じてきたやり方が間違っていたと、完全に証明されたんですからね」

ミラクは片手を額に当てると、考える様子で言葉を続ける。

「これまでの僕は何だって、規則通りに物事を実行してきました。規則通りであれば、過去の実績があるから想定外の事態は起こらず安心できるし、それが誠実なやり方だと思ってきました。そして、自分が一番信用できるから、何だって僕1人でやってきたんです」

ミラクは私に話をしているようで、その実、言葉にすることで自分の考えを整理しているのじゃないかしらと思いながら頷く。

「しかし、……セラフィーナ様、あなた様に頼った途端、世界が広がったんです」

ミラクは片手で口元を覆うと、感じ入った声を出した。

「僕が知らなかった事象が起き、僕では成し遂げられないことが実現しました。脱帽です。ここまで結果を出されたら、ぐうの音も出ません。規則通りの僕のやり方では、華々しい結果は出せないということが証明されたんです。セラフィーナ様、僕は生涯あなた様に付いていきますよ」

さらりと軽い調子ながら、とんでもなく重いことを言われたため、私は焦って言い返す。

「ええっ、しょうがいというのはものすごく長い時間よ！」

「セラフィーナ様に付いていく時間としては短いくらいです」

ミラクが満足した様子で笑みを浮かべたので、否定する気持ちにはなれず、私はぐぐっと唇を嚙み締めた。

それから、私に付いてきてくれるのならば、と明日のことに話題を移す。

「そ、そうなのね？　だったら、とりあえず、明日はガレ村に付いてきてちょうだい。よかったら、ルクバーもね。ガレ金葉を持っていきましょう」

「……皆、泣いて喜びますよ」

「年寄りは、ガレ金葉をその場で食べ出すと思います」

ミラクとルクバーが下手な冗談を言ったので、ふふふと笑みを零す。

「ガレ村の人たちが、そんなことをするはずないじゃない！　でも、喜んでもらえるといいわね」

そう語りかける私に、ミラクとルクバーは真剣な表情で答えた。

「「皆が喜ぶことは間違いありません!!」」

ガレ村の住人であるこの２人が言うのならばそうかもしれない。

そう思った私は、明日がとっても楽しみになったのだった。

ガレ金葉と騎士集団食中毒事件

その日の夕方、騎士団専用の食堂で事件が起こった。

騎士たちが調理場から借りた肉焼き機を食堂前の庭に設置し、森で狩った魔物の肉を焼いて食べていたところ、集団食中毒が発生したのだ。

大勢の者が倒れたため、騎士たちは慌ててシリウスのもとに走ってくると、騎士の集団食中毒について報告を行ったのだった。

――その時、私たちは晩餐室で食事をしていたのだけれど、ばたばたばたと廊下を走る複数の足音が聞こえたため、何事かしらと手を止めた。

シリウスが異常事態を察知して立ち上がると同時に、晩餐室の扉が開き、数人の騎士が転がり込んでくる。

「どうした？」

端的に尋ねるシリウスに、顔色の悪い騎士たちが口早に報告した。

「食堂で集団食中毒が発生しました！　第六騎士団から魔物の肉の差し入れがあったので、騎士たちで焼いて食べたのですが、魔物の肉に毒が含まれていたようです。多くの者にしびれ、頭痛、腹痛、嘔吐の症状が出ています!!」

シリウスはわずかに目を眇めると、質問を続ける。

「魔物の種類は？」

「コカトリスです」

魔物の名を聞いた瞬間、シリウスは信じられないとばかりに一瞬目を閉じた。

コカトリスは雄鶏の体に竜の翼、蛇の尻尾を持つ魔物で、吐く息には毒がある。

体の一部に毒を含んでいるものの、その部位は特定できるので、正しく調理すれば危険はないはずだ。

ただし、毒性は強いので、もしも体内に取り込んでしまったら深刻な事態になるだろう。

「症状がある者は？」

「約50名です。うち10名は激しい症状が見られます」

報告内容を聞いたシリウスは、一刻の猶予もないと思ったようで、急ぎ足で扉に向かいながらおとー様に退席する旨を告げた。

「王、これにて失礼します！　先ほどの話の続きについては、明日の朝一番に執務室にうかがいます」

私も慌てて立ち上がると、シリウスの後に付いていこうとする。

「おとー様、おなかがいっぱいなので、ごちそうさまです！」

「セ、セラフィーナ！　解毒は聖女騎士団に任せておけばいいのじゃないかな」

おとー様の言葉を聞いて、私が何をしようとしているのか読まれているわ、と驚いて立ち止まる。

おとー様を見上げると、難しい表情を浮かべていたため、私はもう一度テーブルに戻ると白パンを手に取った。

「やっぱりおなかが空いているから、このパンを食べることにするわ！」

さすがにたくさん残し過ぎたため、おとー様は小言を言いたいようだ。

「い、いや、私が言いたいことは、そういうことではなく……」

おとー様は何事かを呟いていたけれど、私は止められる前にと、パンを片手に素早く晩餐室を退出し、シリウスの後を追いかけた。

パンを口に詰め込みながら必死に走ってシリウスに追いついた時、彼は足早に歩きながら騎士たちと話をしていた。

「コカトリスを食べてからどれくらいの時間が経過している？」

「一番早く食べた者で2時間が経過しています。初めは軽いしびれやめまい程度の症状だったため、お酒が入っていたこともあり、食中毒とは気付かなかったようです。多くの者が症状を訴え始め、魔物の肉による食中毒ではないかと気付いたのが30分前でして、その時点で全ての食事はストップさせています」

その報告を聞いた途端、シリウスがやっと少しだけ体から力を抜いた。

恐らく、食後2時間であれば、最悪の事態は免れると考えたのだろう。

コカトリスは猛毒を持っていて、食中毒の経過は非常に速いものの、食べてから死亡するまでの時間は最短で3時間だと言われているからだ。

「これまでに何人の騎士がコカトリスの肉を口にした？」

「症状が現れている50名に加えてさらに30名です」

「聖女騎士団の聖女はどれくらい揃っている？」

「それが……遠征や外部業務が重なっていまして、本日、王城に残っているのはわずか3名です」

シリウスはそこで初めて私が付いてきていることに気付いたようで、足を止めると腕を伸ばしてきて、私を抱き上げてくれた。

周りにいる騎士たちが驚いたように目を見張ったけれど、シリウスは気にすることなく話を続ける。

「コカトリス討伐に同行した聖女がいるはずだ。疲れたから早々に寮に戻っているのではないか。急ぎ寮に使いをやって、全員呼んでこい」

シリウスの指示に従って、騎士たちがばたばたと走っていくと、シリウスはため息をついた。

「コカトリスを食べただと？　なぜそのような暴挙に出るのだ」

「えっ、でも、正しくちょうりをしたら安全じゃないの？」

知っている知識を総動員して答えると、シリウスは首を横に振った。

「専門の知識を持った料理人が調理をしたのであればその通りだが、騎士たちが調理したのであればその限りではない。コカトリスの毒が含まれているのは基本的に内臓のみだが、生息場所によっては、筋肉に毒を持つ個体がいるとの報告を受けている」

「えっ、そうなのね！」

初めて聞く話にびっくりしていると、シリウスは険しい表情で頷いた。

「ああ、特に強い外敵がいる場所で見つかったコカトリスにその傾向が見られた。恐らく、外敵から身を守るために進化したのだろう。知識がある料理人であれば、内臓と筋肉の色から毒が含まれている部分を特定できるらしいが、騎士たちには無理な話だ」

「そうかもしれないわね」

お肉大好きな騎士たちの目には、どの部位のお肉も美味しく見えただろうから、内臓以外を積極的に取り除こうとは思わなかったでしょうねと眉尻を下げていると、シリウスは気遣うように私を見た。

「セラフィーナ、オレに付いてきたということは、聖女として騎士たちを助けてくれるのか？」

「ええ！」

大きな声で答えると、シリウスは考える様子で言葉を続ける。

「回復魔法の中でも解毒は少し特殊だから、慣れていないと難しいと聞いたことがある」

確かにそうかもしれないわね。

「私は戦場に出ることをめざしている聖女だから、解毒はとくいじゃないわ」

でも、解毒対象が50名とか80名くらいだったら何とかなるはずだ。

「そうか。聖女騎士団の聖女たちを集めているから、そう心配するな。ただ、これから騎士たちの体調は急激に悪くなるはずだ。意識障害を起こしたら後がないことを示しているから、できるだけ体調が悪い者から治癒してくれ。完治させなくていいから、命を救うことを優先してほしい」

「えっ、でも、そうしたら騎士たちは苦しいままじゃないの？」

「苦しくても命さえあれば何とかなる。明日になれば、少しずつ聖女たちが戻ってくるはずだ。それから治癒をしてもいいだろう」

「……そうなのね」

そう答えたものの、シリウスが完治させなくていいと言った意味はよく分からなかった。

先日、シェアトたちがルクバーと喧嘩をした際、騎士たちが怪我をした状態のまま放置されていたことを思い出す。

見るからに痛々しい様子だったため、怪我を治さない理由を尋ねたところ、『私闘が原因の怪我に、回復魔法の使用は禁止されています』と騎士たちは答えたのだ。

つまり、本人たちの反省を促すため、あえて怪我をしたままの状態にしておくらしい。

ということは、今回も何らかの騎士団ルールが適用されるのだろうか。

たとえば毒性のある魔物を自分たちで調理して食べた場合、ペナルティとして数日間苦しむように、そのままにされるというようなことが。

シリウスに尋ねれば答えてくれるだろうけれど、大変な状況の中、忙しい彼に聞くことではないし、何より聞いてしまったら、そのルールに従うしかなくなるだろう。

そう考えた私は、普段通りの表情を保ったまま決意する。

よし、騎士たちがあんまり苦しそうだったら、騎士団ルールを知らなかったことにして、完治させてしまおう。

「どうした、セラフィーナ？　黙ってしまったようだが、お前が責任を感じる必要はない」

「ええ」

私は何食わぬ顔で返事をすると、シリウスとともに食堂に向かったのだった。

◇　◇　◇

駆けつけてみると、食堂は大変なことになっていた。

大勢の騎士が床に転がっており、その周りを元気な騎士たちが右往左往している。

シリウスは床の上に私を下ろすとすぐに、その場の責任者らしい騎士に呼ばれていったため、1

人残された私はきょろきょろと辺りを見回した。

横たわっている騎士はコカトリスの毒にやられた者のようで、その多くは青い騎士服を着用した角獣騎士団の騎士だったけれど、彼らの中にぱらぱらと赤い騎士服の近衛騎士が交じっていたため、思わず視線をやる。

「カノープス！」

横たわる近衛騎士の中によく見知った顔を見つけた私は、床の上に全身を投げ出している護衛騎士のもとに慌てて走っていった。

カノープスは全身をくたりと弛緩させて、両の目を瞑っている。

「カノープス、しっかりして！」

私の声が聞こえたようで、カノープスは目を開けると、途切れ途切れに声を出した。

「セラフィーナ様……こ……のような場所に……」

カノープスの顔は普段と異なり真っ青になっているうえ、呼吸はぜいぜいと荒く、私に向かって差し伸べた手はぶるぶると震えていた。

「やだ、カノープス、しっかりして！」

私はカノープスの前の床にぺたりと座り込むと、震える手で彼の手を取る。

何てことかしら、カノープスは呼吸困難に陥っているわ。

苦しそうなカノープスを見ていられず、ぎゅううっと彼の手を握りしめると、彼が何事か口にした。

「え、なんですって？」

「セラフィーナ様、……ここは騒々しいですから、お部屋に……お戻りください」

「カノープス……」

こんな時でも私の心配をする護衛騎士の姿を見て、私の頬をぽろぽろと涙が零れた。

カノープスは麻痺した状態で、手や足はもちろん全身が小刻みに震えている。

握っている手が冷たいことから、体温が下がっていることは明白で、呼吸も乱れている今、自分の体を心配することで精一杯だろうに、私の心配をしているのだ。

「……そうよ」

どんな状態だとしても、護衛対象を心配するのが護衛騎士ならば、何と言われようと病人を治すのが聖女だわ。

シリウスの言葉に反することになるけれど、カノープスを始めとした騎士たちの食中毒を完璧に治癒しよう、と決意したところで近衛騎士たちが私のもとに走り寄ってきた。

「セラフィーナ様！」

「セラフィーナ様、どうしてこのような場所にいるのですか！　ここは大勢の騎士たちがウロウロしているので危ないですよ!!」

「今の騎士たちは気が立っているうえ、注意力も散漫になっているので、姫君にぶつかって怪我をさせてしまうかもしれません！　安全のため、お部屋にお戻りください」

それはミラク、ファクト、シェアトの３人だった。

私は涙に濡れたままの顔を上げると、３人にべそりとした口調で訴える。

「カノープスが、……カノープスが苦しんでいるの」

３人はきょとんとした顔をすると、朗らかな調子で続けた。

「ああ、それを心配して来られたのですね。ですが、まだ意識があるので大丈夫ですよ」

「意識を失っても30分は自発呼吸できます。聖女の手が足りていないので、優先順位を付けて、意識を失った者から順に治しているところです。もうすぐカノープスの番も来るはずですよ」

「姫君にはカノープスが苦しんでいるように見えるかもしれませんが、副総長に鍛えられた後の騎士は概(おおむ)ねこんな状態です。本人も苦しさに慣れているから大丈夫ですよ」

「え……」

３人から何でもないことのように言われたため、あまりの驚きに涙が引っ込んでしまう。

カノープスに視線を落とすと、苦し気な息をしながら「正直……副総長に鍛えられた時の方が……苦しいです」と言ってきた。

もちろんカノープスの冗談だろうけれど、周りの騎士たちの冷静な姿を見たことで、動揺していた心が落ち着いてくる。

周りを見る余裕ができたため、ぐるりと見回してみると、カノープスと同じくらい、もしくはそれ以上に苦しそうな騎士が何人もいた。

そうだわ、カノープスだけではなくたくさんの騎士が苦しんでいるのだわ、と唇を噛み締めていると、シェアトが手を差し伸べてきた。

「姫君、ここは野戦病院のような様相を呈していますから、長くいる場所ではありません。お部屋に戻りましょう」

伸ばされたシェアトの手は震えておらず、彼の顔色も表情もいつも通りだった。

彼の隣に立つミラクとファクトも同じだったため、遅まきながら3人が元気なことに気付く。

「よかったわ。あなたたちはコカトリスの肉を食べなかったのね」

普段であれば率先してお肉を食べる面々が、お肉を食べなかったことに気付き、不幸中の幸いだわと胸を撫で下ろしていると、3人はどういうわけか首を横に振った。

「いえ、もちろん食べました」

「何なら他の騎士の倍は食べました」

「オレは3倍食べました」

「えっ？」

思ってもみない言葉が返ってきたため、びっくりして目を丸くする。

もしかしたらたまたま運よく、毒がない部分だけを食べたのかしら、と首を傾げていると、シェアトが分かっているとばかりに頷いた。

「不思議ですよね。コカトリスの肉を食べた騎士の中で、オレたち3人と、ミアプラキドスとルクバーだけが元気なんです！　恐らく、オレの場合は鍛えに鍛えた筋肉が、体から毒を締め出したんだと思います！」

そんなことがあるものかしら、とさらに首を傾げていると、ミラクが如才なく言葉を差し挟んできた。

「今回、肉を食べながら毒に冒されなかったメンバーは、偶然にも姫君とお茶会をしたメンバーと一致します。もしかしたら姫君からご加護を受けたのかもしれないですね」

「あっ」

その言葉に思い当たることがあったため声を上げると、ファクトがにこやかな表情で締めくくった。

「ミラクの言う通り、姫君のご加護を受けたため、私たちは運よくコカトリスの毒がない部分ばかりを食べたのでしょう」

「いえ、そうじゃないわ」

ガレ金葉の効果だわ、と思ったところで、ファクトが私を安心させるための言葉を口にする。

「聖女たちが治してくれるので、カノープスは大丈夫です。ただ、現時点でカノープスよりも状態が悪い者が10名以上いますので、そちらの治癒を待つ必要があります。未だ1人の死者も出ていませんので、ご安心ください」

その言葉にはっとしてもう一度食堂内を見回すと、確かに聖女が５名いて、それぞれ騎士たちの治療を行っていた。

聖女騎士団のルールなのか、彼女たちは一度に１人ずつしか治癒していない。

これではカノープスの順番が回ってくるまでにしばらくかかるし、その間ずっとカノープスは苦しい思いをしなければならないだろう。

いや、先ほどシリウスが話した通りだとすれば、聖女たちが行うのは『命を失わないための治療』であって、『完治させるもの』でも、『苦しみを取り除くもの』でもないのだ。

私は握っていたカノープスの手を放すと、すくっと立ち上がった。

先ほども決意した通り、これ以上黙って見ているのは無理だわ、と騎士たちを治癒することにしたのだ。

それが騎士団のルールだとしても、苦しんでいる騎士たちをこのままにしておくことは私にはできないわ。

というか、私は騎士団の一員ではないから、騎士団のルールに従わなくてもいいわよね。

「ミラク、ファクト、シェアト、ちょっとだけ目をつむっていてちょうだい」

私は心配そうに見下ろしてくる３人の騎士に、目を瞑るようお願いした。

この３人が見ている前で騎士たちを治してしまったら、３人は私を補助し、一緒にルールを破ったと見做(みな)されるかもしれない、と気付いたからだ。

私が治癒するところを見ていなければ、『何も知らなかった』と無関係であることを主張できるはずだ――――実際にこの３人は、これから私が何をするのか知らないのだから。

もしもルールを破ったことを怒られるのだとしたら、それは私１人でいいはずよ。

そう考えながら視線を上げると、３人がしっかりと目を瞑っていることを確認する。

安心した私は、床に横になっている騎士たちに視線を移した。

先ほどシリウスに告げたように、解毒は魔法のかけ方が他の回復と少しだけ異なる。

だから、難しいと言えば難しいのだけれど、これまでたくさん練習してきたから、この場にいる騎士たちをまとめて解毒できるはずだ。

『完治させなくていいから、命を救うことを優先してほしい』とシリウスは言っていたけれど、そんな中途半端な状態で止めることは難しく、私にはできない。

だから、どのみちシリウスの言葉通りにすることはできないのだわ、と考えながら両手を上げると、私は呪文を唱えた。

「騎士の体内に溜(た)まる悪しきものよ、全て浄化し消滅せよ――――『解毒』！」

これほど大勢の相手に解毒魔法をかけることは初めてだったため、上手くいくのか心配だったけれど、私が呪文を発すると同時に私の魔法は食堂中に広がっていき、騎士の体に次々と降り注いだ。

ほんの一瞬。瞬きほどの時間。

たったそれだけで、その場にいた騎士たちの体から全ての毒が消え去ったのだった。

私は上げていた手を下ろすと、横たわるカノープスをじっと見つめた。

私の視線の先で、つい先ほどまで呼吸することすら難しい様子だったカノープスが、勢いよく上半身を起こす。

「セラフィーナ様、治りました」

まるで今日の天気でも話すような軽い調子で報告してくる護衛騎士に、私は目を丸くした。

「本当に？　いえ、魔法は上手く発動したから治ったと思うのだけど、体の動きをかくにんしてみなくて大丈夫？」

「先ほどまであった息苦しさと痺れと悪寒がなくなりました。私の体調が回復したことに疑いの余地はなく、確認するまでもありません」

「そうなのね。気分は悪くない？」

重ねて尋ねると、カノープスは表情を曇らせる。

「ある意味、私の気分は最悪です。夕食を摂ったくらいで体調不良に陥り、セラフィーナ様のお手を煩わせてしまったのですから、申し訳なくて地面に埋まりたい気持ちです」

「えっ」

カノープスの体調不良の原因は、猛毒を含むコカトリスの肉を食べたことにある。

一度、毒が体内に入ってしまった以上、生き延びるためには聖女の助けがいるのだから、カノープスが申し訳なく思う必要はこれっぽっちもないはずだ。

「それが聖女の役割だわ」

当たり前のことだし、大した話ではないことを強調したくて、努めて軽い調子で返すと、カノープスは激しく首を横に振った。

「いいえ、これは聖女の役割を超えています！　これほど大勢の者がダウンしており、聖女の数が限られているのであれば、聖女の役割は死なない程度に治療を施すことまでです」

まあ、カノープスったら、シリウスと同じようなことを言っているわ。

偶然の一致にびっくりしていると、カノープスは暗い声で続けた。

「私が間違っていました」

「えっ？」

「戦場において、セラフィーナ様は複数の騎士たちをまとめて回復させていましたが、そのこと自体が異常だったのです。見たこともない魔法を次々とかけられ、驚くべきことばかりが起こったために感覚が麻痺していたようで、姫君が範囲魔法をかけたことを疑問に思わず受け入れていました。しかし、今回、やっと目が覚めました」

「目が覚めた？」

カノープスはぐったりしていたものの、一度も意識を失っていないし、もちろんずっと起きていたわよ。

一体カノープスは何を言おうとしているのかしら、と不思議に思っていると、背後から驚愕した声が響いた。

「セ、セラフィーナ様、これは一体どういうことです!?」

「なぜ一度の魔法で全員を治せるんですか!!」

「これは一体何なんですか??」

それはミラクとファクトとシェアトの声だった。

もしかして私が解毒魔法をかけたことを言っているのかしら、と3人を振り返る。

――先ほど、私は騎士たちに『ちょっとだけ目をつむっていてちょうだい』とお願いした。

私の従順な騎士たちであれば、お願い通り目を瞑っていて、私の魔法は一切目にしていないはずなのに……

どういうわけか3人とも言いつけを破って目を開けており、しかも目を開けていたことを一切隠すつもりがないようで、信じられないとばかりに次々と私の魔法について発言してきた。

「解毒魔法は特に難しい魔法だと聞いています！　戦場で怪我を治してもらった時も思いましたが、姫君の魔法は複数の人間に対して効果を発揮するんですね。解毒魔法までがそうだなんて、常識では考えられませんよ!!」

それは騎士の常識であって、聖女の常識ではないわよね。

いや、それよりも約束が違うじゃないの、と思いながら私は3人に質問する。

「どうして3人とも目を開けちゃったの?」

私が解毒魔法をかける間、騎士たちが目を瞑っているという作戦は、シリウスから怒られないようにと私が精一杯考えたものなのに、全て台無しじゃないの。

がっくりしていると、カノープスが取りなす言葉をかけてくれた。

「近衛騎士には姫君のお言葉に従うこと以上に、優先すべき業務があります。それはセラフィーナ様をお守りすることです。姫君が解毒魔法をかけたことで、この場が一気に混乱し騒がしくなりましたから、何が起こったのかを把握するため、騎士たちは目を開けざるを得なかったのです」

そうかしら。先ほどの口ぶりでは3人とも、私が魔法を発動させる前から目を開けていたように思うけど。

「ええと、一人一人解毒していたら時間がかかりそうだから、まとめて魔法をかけただけよ」

カノープスを含めた4人が先ほどからずっと同じことばかりを聞いてくるので、正直なところを答えると、4人ともに納得できない様子で首を横に振った。

「時間を短縮するためって……理由を聞いているのではなく、なぜそんなことができるのかと、オレたちは驚愕しているんですよ」

「他の聖女たちは誰一人、範囲魔法を使用したりしませんから」

「え、そうなのね」

そう言われれば、先日フェンリルの集団と戦った時、聖女たちは1人ずつ騎士を治療していた。

今回のように大勢の者が食中毒になった場合も、1人ずつしか治療していなかったから、やはり聖女騎士団の中には、一度に1人ずつしか治さないというルールがあるのだろう。

「個別に魔法をかけた方が、使用する魔力量が少なくてすむのかしら？」

ルールを定めた理由が分からず首を傾げていると、部屋の奥からシリウスが近付いてくるのが見えた。

あ、まずい。怒られるのかしら、と思い逃げようとしたけれど、それより早くシリウスが目の前に到着する。

「セラフィーナ、お前は集団解毒もできるのか!?」

シリウスは驚愕した様子で私を見下ろすと、単刀直入に尋ねてきた。

「……うふふふー」

彼の真剣な表情を目にしたことで、これはまずいわねと私の中の警告音が鳴り始める。

シリウスはこの場の全員を治したのは私ではないか、と疑っているみたいだわ。

でも、シリウスからはっきりと『騎士たちを完治させるな』と言われていたから、言いつけを破ったことがバレたら怒られるわよね。

よし、私がやったとは決して認めず、笑って誤魔化すことにしよう、と返事をせずににこにこと微笑むに留(とど)める。

　すると、シリウスは何かを勘違いしたようで、表情を硬くした。

「……そうだな、お前が考える通りだ。お前が規格外の聖女だということを、現時点で全ての騎士たちに周知する必要はない」

　シリウスはぐっと唇を嚙み締めた後、手を伸ばしてくると、くしゃりと私の頭を撫でた。

　それから、諦めたような笑みを浮かべる。

「お前の望み通り、騎士たち全員を解毒した聖女がお前だということは伏せるとしよう。セラフィーナ、またもやお前に助けられたな」

　ううっ、私がやったと、シリウスが断定してきたわよ。

　やっぱりシリウスには私のしわざだとお見通しなのかしら。

　だけど、耐えるのよ、セラフィーナ。この優しい雰囲気に騙(だま)されて、私がやったと肯定してはいけないわ。

「セラフィーナ、騎士を司(つかさど)る者として一言礼を言わせてくれ。ありがとう、オレの騎士を救ってくれて」

　シリウスはそう言った後、心から喜んでいるような笑みを浮かべた。

　そのため、返事をせずにいることで、心がしくしくと痛み始める。

　ううう、シリウスはすごく嬉しそうだわ。その気持ちを受け取らないわけにはいかないんじゃないかしら。

「……どういたしまして」

おずおずと答えると、シリウスの笑みはますます深くなった。

そのため、彼の嬉しさが私にも伝わってきて、同じように嬉しくなる。

ああ、シリウスは本当に騎士が好きなのね。

私も騎士が大好きだわ！

そして、少しくらい怒られたとしても、騎士を好きな気持ちは変わらないわ。

私は笑みを浮かべると、シリウスにぎゅううっと抱き着いた。

「私はいつだって騎士たちを治すわ！」

「ありがとう、セラフィーナ」

シリウスはそう言うと、もう一度とても嬉しそうに微笑んだのだった。

◇　◇　◇

シリウスが行ってしまった後、改めて辺りを見回すと、食堂内は治癒する前と同じくらい騒々しかった。

元気になった騎士たちは、突然解毒されたことを理解できていない様子で挙動不審だったし、聖女たちは騎士たちの回復度合いを確認することに忙しそうだったし、元から元気だった騎士たちは興奮した様子で走り回っていたからだ。

聖女は一度に１人を解毒するのが通常の対応らしいので、まとめて解毒されたことに誰も気付いていないようだ。

しめしめ、この混乱に乗じて食堂を抜け出すことにしよう。

そう考えた私は、元気になったカノープスとともに出口に向かうことにした。

カノープスは回復していたものの、先ほどまで重体だったから安静にしておくべきよねと、一緒に連れて帰ることにしたのだ。

ミラク、ファクト、シェアトは近衛騎士らしく、私たちを出口まで送ると言い出した。

この３人は元気なので、この後も食堂の後片付けを手伝うらしい。

私の騎士は立派だわと考えながら３人と別れ、数歩進んだところで、ふと思い出したことがあって振り返る。

「そうだわ」

私たちの後ろ姿を見送っていた３人が、何事だろうとこちらを見てきたため、私は片手を口元に当てると、３人に何とか聞こえるくらいの小声で話をした。

「先ほど言いそこねたのだけれど、コカトリスの肉を食べた騎士たちが食中毒になったのに、ミラクやシェアト、ファクトたちが無事だったのは、ガレ金葉のおちゃを飲んだからよ」

「「はい？」」

意味が分からないとばかりに聞き返してきた3人を見て、少なくともミラクが驚くのはおかしいわよねと顔をしかめる。

「えっ、どうしてミラクが驚くの？　あなたが言ったんじゃない。『「ガレ金葉」には予防効果があり、様々な病気にかかりにくくなります』って」

「た、確かにそう説明しましたけど」

動揺した様子で答えるミラクに、私はきっぱりと言った。

「おちゃかいでガレ金葉のおちゃを飲んだから、予防効果がはっきりされて、毒におかされなかったのよ」

「…………」

「…………」

「…………」

突然、言葉を忘れたかのように黙り込んだ3人に対し、報告すべきことを報告した私は手を振った。

「じゃあ、あとはよろしくね」

それから、カノープスと手をつないで食堂を後にしたのだけれど、どういうわけか背後で私の騎士たちが叫び始める。

「い、いや、さすがにそれはないでしょう！」

「予防の範囲を完全に逸脱していますよ!!」

「姫君の言葉が事実だとしたら、ミラク、お前の村には何というとんでもない薬草があるんだ!?」

あら、３人で揉め始めたのかしら、と心配になっていると、さらに言い争うような声が続いた。

「あるわけないだろう！　これは間違いなくセラフィーナ様スペシャルだよ」

「ああ、そういうことか！」

「つまり、いつものパターンだな!!」

最後の声は納得したようなものだったため、ちらりと振り返ると、３人は理解できた様子で肩を叩き合っていた。

なるほど、これが『喧嘩するほど仲がいい』というやつね。

私は安心すると、カノープスと一緒に私室に戻ったのだった。

ガレ村再訪問

翌日、私は収穫した『ガレ金葉』を手土産にして、再びガレ村を訪れた。

護衛役として付いてきたシリウスとミラク、ミアプラキドスの他、休暇を取ったルクバーも一緒だ。

ルクバーは近衛騎士でないため、業務として同行することは固辞したけれど、ぜひ一緒に行きたいと希望したので、予定を合わせることにしたのだ。

ミアプラキドスは前回、私闘のペナルティを受けていたため、ガレ村を訪問できなかったのだけれど、今回は本人の希望もあって同行してもらうことにした。

「オレの運命の相手がどこにいるか分かりませんからね。様々な場所に行って、様々な人に会うのは大歓迎です」

晴れやかにそう告げるミアプラキドスを見て、早くいい出会いがあるといいわねと思う。だけど……

「もしもミアプラキドスの運命の相手がガレ村にいたとしても、好きになってもらうのはむずかしいんじゃないかしら」

私は剣1本腰に佩いただけでガレ村にやってきたミアプラキドスを前に、冷静に分析する。

ミアプラキドスの姿はまるで前回の私のようだ。

ガレ村を手ぶらで訪問し、好意を持ってもらおうと考えるなんて、村人の特質を理解しているとは言えないだろう。

一方、今日の私は完璧だ。

村人たちが何よりも望んでいるガレ金葉に加えて、私が栽培したガレ赤葉までお土産として持ってきたのだから、お土産好きな村人の特質を完璧に押さえていると言えるだろう。

そんな私の考えは間違っていなかったようで、籠にかけていた布を外し、中に入れていたガレ赤葉とガレ金葉を露わにすると、集まっていた村人の間からどよめきが起きた。

「なっ、あれはもしかして！」

「嘘だろう？　20年ぶりに見たが、あれは間違いなく『ガレ金葉』だ!!」

「何てことだ、生きているうちに再びガレ金葉を目にすることができるなんて!!」

私はたちまち村人に取り囲まれると、手に持っていた籠を興味深そうに覗き込まれる。

私が栽培した薬草に、皆が興味津々なのが嬉しくて、私は籠から一枚ずつ薬草を取り出すと、お土産だと言いながら村人たちに手渡していった。

けれど、すぐに村人たちがほしいのはガレ金葉だけだということに気付かされる。

というのも、ガレ金葉を差し出すと我先にもらおうとする村人たちが、ガレ赤葉を差し出すと手を引っ込めるからだ。

うう︱、ガレ赤葉は怪我に効くから、これだってすごくいい薬草なのに。

とはいっても、ガレ金葉もガレ赤葉も収穫しただけで加工しておらず、薬としての効果はないから、『いい薬草なのよ』とPRすることもできない。

そもそもガレシリーズの薬草については、私よりも村人の方が詳しいだろう。

いつの間にか、私がガレ金葉を配っているとの噂を聞きつけた村人たちがどんどんやってきて、周りを取り囲まれてしまう。

私はミラクの家族用に10枚ほどのガレ金葉を手に取ると、残りは籠ごとミアプラキドスに渡した。

「ミアプラキドス、私たちはミラクのお家に行ってくるわ。その間に、この葉っぱをみんなに配ってくれない？」

「任せてください！　もしもこの葉っぱ配りが運命の出会いにつながったら、姫ぎ……セラフィー様はオレのキューピッドです！」

今回も前回と同じように、シリウスと私は正体を偽っているので、セラフィーという偽名で通すことにしたのだけど、慣れないミアプラキドスは言い間違えかけたようだ。

ミアプラキドスは嘘がつけない正々堂々とした人だし、いいところがいっぱいあるから、いい出会いがあるといいわねと思いながら、私たちはミラクの実家に向かったのだった。

ガレ村の村長であるミラクの父親は、本日在宅とのことで、ミラクの双子の妹たちが応接室まで案内してくれた。

「初めまして、この村の長をしておりますミンタカ・クウォークと申します。本日はお忙しい中、このようなところにまで足をお運びいただき、誠にありがとうございます」

ミンタカ村長の言葉を聞いて、息子の友人に対する挨拶としてはすごく丁寧だわと不思議に思ったけれど、次の瞬間、その理由が判明する。

というのも、ミンタカ村長がシリウスに向かって深く頭を下げたからだ。

「誉(ほま)れ高き角獣騎士団の副総長閣下に間近でお目にかかれましたこと、誠に光栄に存じます」

ミラクが焦った様子で父親を制止したけれど、それくらいでミンタカ村長は止まらなかった。

「と、父さん、何を言っているんだよ！　こちらは副総長ではなく副団長だよ」

「さすがに閣下のお顔は国中に知れ渡っているから、気付かないでいることは無理がある。前回、副総長閣下がこの村をご訪問くださった時、私は不在にしていたが、村に戻るやいなや皆から、『シリウス副総長閣下がご来村くださった！』と報告を受けたことだしな」

村長の言葉を聞いたミラクが、ぽかんとした顔をする。

「え、僕の前では誰一人、『副総長と一緒だな』とはっきり言うことはもちろん、仄めかすことすらなかったのに、皆シリウス副総長に気付いていたということ？」

「そういうことだな。失礼ながら、欠点のない麗しいご尊顔と、滅多にない銀髪はあまりにも有名だし、誰が見たって分かるほど高価な剣を腰に佩いておられるからな」

そう言われて視線をやると、確かにシリウスの剣は装飾が凝っていて、一般の騎士が身に着けるものとは明らかに異なっていた。

「そ、そうか……副総長の見た目と剣も、どうにかしなければいけなかったんだな」

ミンタカ村長は衝撃を受けている息子に構うことなく、シリウスに向き直る。

「シリウス副総長閣下……あ、すみません、ここでは副団長とお呼びするべきでしょうか。愚息がお世話になっております。それから、わが村を2度もご訪問いただき、様々にご尽力いただいていること全てに感謝申し上げます」

ミンタカ村長の話を聞いて、前回訪問時、村人たちはシリウスの正体に気付きながら、気付かないふりをしてくれていたのだと遅まきながら理解する。

シリウスを見ると渋い表情をしていたので、どうやら彼も正体がバレていたことが不満らしい。

とはいっても、シリウスはすぐに感情を押し隠すと、如才なく対応していたので、その辺りはさすがだわと思う。

「シリウスの正体がバレていたなんて、夢にも思わなかったわ。でも、そうよね。シリウスは有名だから、正体をかくそうとしたこと自体がまちがいだったのかもしれないわね」

反省しながら呟くと、ミンタカ村長は理解を示すように頷いた。

「閣下は我が王国が誇る勇者様ですからね。老若関係なく、男性であれば皆、閣下のようになりたいと憧れますし、女性であればその麗しさの虜になります」

「そうよね、顔も名前もこれだけ知れ渡っているのだから、お忍びなんてなりたつはずがなかったのだわ」

うわー、一生懸命シリウスの正体を偽ろうとしていた私たちを見て、『副総長であることは分かっているのに、精一杯隠そうとするとはご苦労なことだな』と思われていたに違いないわ。これはすごく情けないわね。

私は眉尻がへにょりと下がるのを意識すると、話題を変えようと、手に持っていた葉っぱを差し出す。

「村長、どうぞ。ガレ金葉よ」

「…………はい？」

私の作戦は上手くいったようで、村長は驚愕した様子で動きを止めると、目を丸くして差し出された薬草を見つめた。

「ミラクにガレ赤葉の苗を分けてもらったから、それをガレ金葉に育てたの」

「…………………………」

村長はたっぷり10秒ほど黙った後、ぶるぶると震える両手を伸ばして薬草に触れる。

「ほ、本物ですか？　……そんな、20年以上前になくなったガレ金葉が再び戻ってくるなんて、こんなことがあるのでしょうか」

村長は動揺した様子でガレ金葉を両手の上に載せると、潤んだ目で私を見つめてきた。

「……すみません、何とお呼びすればいいか分かりませんが、副総長閣下を呼び捨てにされるということは、それなりのお立場の方なのでしょう。しかも、わずか1か月でガレ金葉を育成できたということは、多くの力ある聖女を動かすことができるお立場にあられるのでしょう。仮に殿下と呼ばせていただきます」

「ひゃあっ！」

私はびっくりしてミンタカ村長を見つめる。

「わ、私までみぬかれたわよ！　まあ、これではお忍びの意味がゼロじゃないの。やっぱりミラクのおとー様はミラクと同じで頭がいいんだわ」

私の言葉を聞いた村長はとんでもないと首を横に振ると、部屋の中にいるのが村長の他、シリウス、ミラク、ルクバー、私の5名であることを確認した後、意を決した様子で口を開いた。

「頭がいいどころか、私がいかに愚かであるかについて、告白したいことがあります。実は……私はずっと村人たちに隠しごとをしてきたのです」

「はい？」

「そ、村長、どうしたんだ突然⁉」

突然のミンタカ村長の告白に、ミラクとルクバーが驚いた声を漏らす。

そんな2人の前で、村長は苦悩に満ちた声を出した。

「ご存じかもしれませんが、この村では昔ながらの自然と調和した暮らしを送っていて、生活から聖女を排除しています。そのため、回復魔法の使用を受け入れておらず、唯一認めているのは、薬草を薬にする際に聖女が薬草に魔力を注ぐことだけです。しかし、……ガレシリーズの薬草は、生長過程において聖女の魔力を必要とするのです！」

村長の告白内容は既に私が知っていたことであり、ミラクとルクバーにとっても先日のお茶会の際、私から事前に知らされていた話だった。

そのため、私たち3人は無言のまま頷く。

そんな私たちを見て、村長は意を決した様子で震える息を吸い込むと、一気に告白した。

「ガレシリーズの3種類の薬草は、全部同じものなのです！　ガレ青葉の苗に魔力を流して生長させるとガレ赤葉に変化し、ガレ赤葉に魔力を流して生長させるとガレ金葉に変化し、最後にできたガレ金葉に魔力を流して生長させると、再びガレ青葉に変化します‼」

まあ、村長にとっては言いにくいことだったでしょうに、よく告白してくれたわね。

私が薬草園で検証した内容とも一致するわ、と思いながら頷くと、村長は長年の秘密を告白したことで疲れ果てたようで、ぶるぶると震える両手を額に当てると、ほうっと大きなため息をついた。

それから、これまでの経緯について丁寧に説明してくれた。

「このガレシリーズは偶然生まれたものです。我が一族の女性が、遊び半分で禁じられていた魔法を発動させ、栽培中の薬草に魔力を注ぎ続けた結果、たまたま変色する薬草が発生したのです。当時の村長はいくら効能があっても、自分たちの信念に反する作り方をした薬草を使用することはできないと決意したそうです。しかし、その年に村中の者が流行り病にかかり、生きるか死ぬかという場面に遭遇したため、やむなくガレ青葉を使用しました」

「その話は村の長老たちから聞いたことがあるよ！　ガレ青葉によって村が救われたのだと、何度も繰り返し話してくれた」

ミラクが言葉を差し挟むと、村長は力なく頷いた。

「ええ、おかげで多くの命が救われました。しかし、当時の村長は、ガレ青葉の生育過程で魔法を使用したことを、皆に言い出せなかったのです。もしも正直に告白したら、村人の大半は薬草の使用を断ったに違いないと思われたからです。そのため、村人の命を預かる者として、どうしても口を噤まざるを得なかった。さらには、村人たちに請われるままガレ青葉を育て続けた結果、いつの間にかガレ赤葉とガレ金葉まで生み出してしまいました」

「そんなことがあったなんて……、全く知らなかった……」

初めて聞く話に呆然とするルクバーを苦し気に見つめると、ミンタカ村長は言葉を続ける。

「こんな秘密はいつまでも隠しおおせるわけがないから、早めに告白すべきだとずっと考えてきました。しかし、できるだけ魔法に頼らない生活を送るべきだと、常日頃から提唱している私が、村人たちの心の拠り所となっている薬草の生育過程で、聖女に魔法をかけさせているとは、どうしても告白できませんでした。いけない、いけないと思いながらも、私はこれまでこのことを、誰にも言えなかったのです！」

一気に告白し、悲壮な顔で押し黙ったミンタカ村長だったけれど、一方のミラクは座っていた椅子から立ち上がると、激しい調子で詰問した。

「父さん、今の話は全て事実なの？　こんな大事なことをずっと隠していたなんて、村人に対する酷い裏切りだよ！　どんなに言いにくいことでも、正直に告白すべきだったのに!!　他に隠していることはないの!?」

王城の庭で、ガレシリーズの薬草は魔力を流して育てるとミラクに説明した際、もしかしたら彼の村でも魔力を流して生育しているのではないかと、ミラクは疑ったのかもしれない。けれど、ミラクのことだから、そんなはずはないと考え直し、信じた分だけ憤っているのだろう。

「…………」

返事をしないミンタカ村長に何かを感じ取ったようで、ミラクが重ねて質問する。

「ガレ金葉の話はどうなの？　そんなに大事にしていたガレ金葉が、20年前に突然、根こそぎ盗まれた話は事実なの!?」

それは正に核心を突く質問だったようで、村長はぐうっと喉を鳴らすと顔を歪めた。

「事実……ではない。全ては20年以上前、正確に言うと23年前、1人の若者が怪我をしてこの村に運び込まれことが始まりだ」

「その話は知っているよ！　その若者が村に生えていたガレ金葉を根こそぎ盗んでしまったのだろう？」

村長の言葉を遮るように言葉を被せたミラクだったけれど、ミンタカ村長はそうではないと首を横に振った。

「いや、……その若者が盗んだのは、ガレ金葉でなく私の妹だった」

「は？　な、何を言っているの？」

動揺した様子で質問するミラクを前に、村長は力なく項垂れる。

「私には妹が1人いて、彼女は優秀な聖女だった。だから、毎晩こっそりと、ガレシリーズの薬草に魔力を流していたんだ」

「はっ、込み入った話になってきたな」

ルクバーは乾いた笑いを零すと、動揺を振り払うかのように髪をかき上げた。

その隣ではミラクが、一言一句聞き逃さないとばかりに、目を見開いて村長を見つめている。

「ガレシリーズの生育過程に聖女の魔力が必要だというのは、代々我が家に引き継がれてきた秘密だ。だから、この村の長は必ず魔力が高い者を妻として選ぶ。そして、娘が生まれると精霊と契約させ、聖女の魔力を使って薬草を生長させてきたのだ」

魔力の強さは子どもに引き継がれるので、村長の一族が魔力の高い女性を求めることは理にかなっていた。

「しかし、23年前、怪我でこの村に運び込まれた若者が、私の妹と恋に落ちたのだ。出会った翌日に妹との結婚を願い出るくらいだから、それは激しいものだった。その若者は仕事と家を村外に持っているから、結婚後は妹とともに村を出たいと申し出たが、当時、我が一族には妹以外に聖女はいなかった。だから、その若者と一緒に妹に村を出ていかれては困ると思ったのだ。妹にはこの村の者と結婚し、次の聖女が育つまでの間、ガレシリーズの薬草を守ってもらう必要があると」

村長は23年前を思い出したのか、後悔した様子で顔を歪めるとかすれた声を出す。

「だから、結婚は許さない、妹はこの村の者と結婚させると返事をした。そうしたら……思い余った若者と妹は、2人でこっそりこの村を出ていってしまったのだ」

ううーん、それは出ていってしまっても仕方がないかもしれないわ、と何とも言えない気持ちになっていると、ミラクが緊張した様子で尋ねてきた。

「その際に、ガレ金葉が全部盗まれたの？」

村長はごくりと唾を飲み込むと、俯いたまま首を横に振る。

「いや……あの2人はガレ金葉を持っていかなかった。収穫されたばかりだった大量のガレ金葉を隠したのは私だ」

「………は？」

「どういうことだ？」

思わず声を上げたミラクとルクバーに対し、ミンタカ村長は目を逸らしたまま言葉を続けた。

「妹が出ていってしまったら、ガレシリーズに魔力を流せる聖女はいなくなってしまう。そうすれば、ガレ金葉の秘密がバレてしまうとの恐怖に駆られ、やってはいけないことだと知りながらも、ガレ金葉を全て隠してしまったんだ！」

それは非常に重い告白だった。

そのため、誰もが言葉を差し挟めず、しんとした沈黙が続く。

そんな中、シリウスが冷静な声で質問した。

「先ほどの説明では、生育過程で魔力を流すと、異なる薬草に変化するとのことだったな。しかし、魔力を流さなければ、ガレ青葉はガレ青葉のまま、ガレ赤葉はガレ赤葉のまま、変化はしなくとも同じ種類の薬草として生長するのではないか？」

シリウスの推測はもっともだった。

この村の畑には、ガレ青葉とガレ赤葉がたくさん栽培されているのだから、魔力を流さずにそのまま育てれば上手くいくのではないかと考えるのは当然のことだろう。

そんなシリウスに対し、ミンタカ村長は苦渋に満ちた表情を浮かべる。

「ガレ青葉とガレ赤葉に関しては……おっしゃる通りです。しかし、ガレ金葉だけは特別で、魔力を流さずに栽培すると、葉の色が緑に戻ってしまい、薬草ですらなくなってしまうのです！」

だからこそ、ガレ金葉を栽培するために、ガレ青葉、ガレ赤葉、ガレ金葉と栽培を循環させなければならなかったのだと村長は続けた。

全てを話し終え、後悔した様子で俯く村長を見て、ミラクは我慢ならないとばかりに髪を振り乱す。

「だから、何代にもわたる裏切りの歴史が発覚するのを恐れて、ガレ金葉が盗まれたという話をでっち上げたの？　それはさすがに……」

あまりに酷い話を聞いてミラクが言葉に詰まると、重苦しい沈黙がその場に落ちた。

何と言っていいのか分からず、ミンタカ村長とミラク、ルクバーを見つめていると、廊下でどたどたと乱暴な足音が響いた。

続いて応接室の扉が勢いよく開き、空気を全く読まず朗らかな調子でミアプラキドスが入ってくる。

「セラフィー様、葉っぱを全て配り終わりましたよ！　残念ながら、オレの運命の相手には出会えませんでしたがね。いやー、彼女は恥ずかしがり屋で、どこかに隠れているのかな？」

「ミルザム！」

その時、それまで俯いていたミンタカ村長ががばりと顔を上げると、慌てた様子でミアプラキドスのもとに走っていった。

「ミルザム？」

明らかに人違いだという雰囲気を漂わせるミアプラキドスだったけれど、村長は気付かない様子でミアプラキドスの両腕を掴む。

「ミルザム、戻ってきてくれたのか？　私の妹も一緒か!?」

熱心に質問を重ねる村長を前に、ミアプラキドスはあっさりと否定した。

「ミルザムはオレの父の名前ですね。確かに似ているとは言われますが、オレは息子のミアプラキドスです」

「息子？」

驚いた様子のミンタカ村長の言葉に、ミラクと私の言葉も続く。

「息子!?」

「息子!!」

突然の展開にびっくりして椅子から立ち上がるミラクと私を見て、ミアプラキドスは何かに思い至った様子で腕を組んだ。

「あ、もしかして母さんのお兄さんですか？　ということは、ガレ村が母さんの生まれた村で、『黄金の村』なんですかね？　父さんが何度も話してくれたんです。若い頃、畑に黄金が茂る不思議な村に迷い込んだことがあり、そこで運命の女性に出会ったと。ということは、オレも今日、運命の相手に出会えるのか？」

夢見るようなミアプラキドスの言葉を聞いて、いくら彼の母がこの村の出身で、運命の相手との出会いがこの村だったとしても、ミアプラキドスにも同じような出会いが訪れることにはつながらないはずよ、と心の中で反論する。

一方、ミンタカ村長はまるで懐かしい者を見るかのように目を細めた。

「成人しても夢見るようなことを言うのは、正にミルザムの血だな。見た目もそうだが中身もおやじにそっくりだ。……両親は元気にしているのか？」

「ええ、両親は元気ですよ。非常に仲がよくて、喧嘩をしているところなんて、ほとんど見たことがないくらいです」

ミアプラキドスの言葉を聞いたミンタカ村長は、昔を懐かしむような目をして口元を緩めた。

「そうか……それはよかった。だったら、2人の結婚は成功だったのだな」

その場にしんみりした雰囲気が漂ったところで、ルクバーの興奮した声が響く。

「オレの野生の勘はすげーな！　前々からミアプラキドスのことはいけ好かなかったが、その理由がちゃんとあったんだからな！」

どうやら例の『髪色が濃い者はすべからく嫌い』というルクバーの嗜好に、後付けの理由が見つかったと喜んでいるようだ。

彼の父親が村の大事な薬草を盗んだから、当然その息子を嫌ったのだと。

けれど、ミラクはそんなことはないと、ルクバーの言葉を正面から否定した。

「いや、ないよ！　ガレ金葉が失われたのはミアプラキドスの父親のせいではないし、たとえ彼の父親が悪かったとしても、息子であるミアプラキドスには何の罪もない。全ては真実を隠していた父さんが悪いんだから!!」

そう言うと、ミラクはまっすぐ父親を睨みつける。

対するミンタカ村長は、その通りだと頷いた。

全てが明らかになった今、ミンタカ村長には隠し立てするつもりは一切ないようで、素直に頭を下げる。

「本当に悪かった。この後、村の皆には真実を告白して、ガレシリーズについての判断を仰ぐことにする。魔力を流してでもガレ金葉を栽培するのか、それともガレ金葉のない生活を続けるのかを。それから、私の去就についても」

「きょしゅう？」

難しいことを言っているわねと顔をしかめると、隣からミアプラキドスの呑気(のんき)な声が響いた。

「話を聞いてなかったからよく分からないが、母さんのお兄さんならオレの伯父さんだ。オレにできることなら協力しますよ」

「うっ、さすがミルザムと妹の子だ。何て優しいんだ」

感動した様子の村長に笑顔を見せた後、ミアプラキドスはミラクの背中をばしんと叩いた。

「よっ、ミラク！　ということは、お前はオレのいとこになるのか。お前の方がオレより1つ年上だから、お前の方が『従兄』で、オレが『従弟』だな。ははは、明らかにオレよりちっちゃいのに面白いもんだ」

「年齢と身長は関係ないだろう！」

むっとした様子で言い返すミラクを前に、私はシリウスを見上げる。

「シリウス、ミラクとミアプラキドスの関係は、シリウスと私のようなものなの？」

「そうだ。ミラクにしろ、ミアプラキドスにしろ、お前ほど強烈で、予想外で、どうしようもない相手ではないだろうが」

しかつめらしい表情で答えたシリウスだったけれど、何とはなしに貶されている雰囲気を感じ取ったため、じろりと睨みつける。

「……どういう意味かしら？」

「出会ったオレの負けだということだ」

シリウスは相応しい答えを返したつもりかもしれないけれど、やっぱり意味が分からない。

首を傾げていると、ミンタカ村長が私に向かって頭を下げた。

「殿下、この度はガレ金葉を再び蘇らせてくださり、ありがとうございました。おかげで、目が覚めました。今後の方針については、村人たちと話し合って決めたいと思います」

話し合いの結果によっては、ガレ金葉が再びなかったことにされる可能性もあるのかしら、と思った私は、できるだけ有効性をアピールする。

「村長、このガレ金葉はすごいのよ！　まだ薬にしていない、しゅうかくしただけのだんかいなのに、おちゃにして飲んだら高い予防効果が見られたの。薬にしたらものすごいことになるわ！」

「いや、父さん、今の話は信じないでくれ。今日配ったガレ金葉が特殊なだけだから。今後、この村でガレ金葉を育てて薬にしたとしても、摘んだだけのこのガレ金葉より効果を発揮することは絶対にないから」

ミラクったら何を言っているのかしら。加工していない葉っぱが、薬にしたものよりも高い効果を発揮するはずないじゃない。

味方を求めてシリウスを見上げたけれど、彼は仕方がないとばかりに肩を竦めただけで、助けてくれなかった。ぎゃふん。

◇　◇　◇

その後、お暇（いとま）しようと別れの挨拶をしていたところ、ミラクの双子の妹たちがお見送りをするため玄関に現れた。

エニフとミザールは笑顔で駆けてきたかと思ったら、ミアプラキドスを見た途端、衝撃を受けた様子で立ち止まる。

彼は大きいから恐怖を覚えたのかしらと心配したけれど、そうではなかったようで、次の瞬間、2人はすごい勢いでミアプラキドスに抱き着いた。

「見つけたー！」

「王子様を見つけたー!!」

ぴょんと大きくジャンプして、ミアプラキドスの胴体にくっついたエニフとミザールを見て、その場の全員がぽかんと口を開ける。

一番に我に返ったミラクが、慌てた様子で双子を引きはがそうとした。

「エニフ、ミザール、離れなさい！　そして、よく見なさい！　相手は王子様ではなく大男のおじさまだ！」

「いや、お前、オレはまだ22だからな」

何が起こったか分からない様子ながら、冷静に突っ込むミアプラキドスだったけれど、ミラクが強い口調で言い返す。

「僕の妹は10歳だ！　十分おじさんだよ」

「お前、それは酷くないか？　一方的に王子様宣言されて持ち上げられたかと思ったら、一方的におじさん宣言されて貶(おとし)められるんだからな」

ミアプラキドスが当然の文句を言うと、隣にいたルクバーが諦めろとばかりにミラクとミアプラ

キドスの背中を叩いた。

「ほら、ミラクの叔母さんはミアプラキドスの父さんに一目ぼれして結婚したんだろ？　そんで、ミアプラキドスは父親にそっくりなんだろ？　クウォーク一族の女性はミアプラキドスみたいな顔が好きなんじゃねえの？」

「こんな強面（こわもて）が好みだって？　僕の一族の女性全てに呪いをかけるのは止めてくれ!!」

ミラクがルクバーに文句を言うと、そんなミラクにミアプラキドスが文句を言う。

「お前こそ、オレを呪い扱いするのは止めろ!!」

その後しばらくの間、ぎゃあぎゃあと言い合っていた2人だったけれど、その間ずっと双子はミアプラキドスの胴体にへばりついていた。

そのため、私は双子の腕力に一番感心したのだった。


後日、ミラクがその後のガレ村について報告してくれた。

その日は庭で薬草を採取していたのだけれど、護衛中の騎士たちが珍しくしゃべりかけてこなかったため、珍しいこともあるものねと手を止めて顔を上げたところ、ミラクがおずおずと「少しだけいいですか」と許可を求めてきたのだ。

私もガレ村のことは気になっていたため、「もちろんよ」とミラクの話を聞く。

彼の話によると、村人たちは初めこそ村長の独断と隠し事の重大さに怒り心頭だったけれど、最終的には全員一致で、魔力を流して育成したガレ金葉を受け入れる選択をしたとのことだった。

「ありがとうございます、この結論に至ることができたのは全て姫君のおかげです。どうやら皆は、姫君が配られたガレ金葉をお茶にして飲んだみたいで、その効果があまりに高かったので、何としてでもガレ金葉がほしくなったようです。……ガレ金葉を受け入れたことで、村人たちは全員、今までよりも健康でいられるでしょう」

おかげで、父も村長を続けられることになりました、と言うミラクに、ミアプラキドスが顔をしかめる。

「それで大丈夫なのか？　間違いなく、オレの母親には姫君と同じような魔力はないから、次のガレ金葉はそんなすげえもんにはならねえぞ」

ミアプラキドスが事情に詳しそうな様子を見せたため、どういうことかしらと首を傾げると、ミラクが説明してくれた。

「実はミアプラキドスの母君が、ガレ金葉の育成を手伝ってくれることになったんです。村人たちはできるだけ早くガレ金葉の栽培を復活させたいと要望したのですが、現在、ガレ村に聖女はいません。そのため、どうしたものかと困っていたところ、ミアプラキドスが両親に相談してくれて、彼の母君が手伝ってくれることになったのです」

「それはよかったわね！」

ミアプラキドスの母親はガレ村出身だから、生まれた村を訪問できることは嬉しいのではないかしら、と思いながら手を叩く。

「村の人たちも久しぶりにミアプラキドスのおかー様に会えてうれしいはずよ。ふふふ、でも、全員の意見がいっちしたなんて、村の人たちにとってガレ金葉はすごく大事なものだったのね」

「ええ、そのことに気付かされました」

ミラクは生真面目な表情で頷くと、続けて、サドルと仲直りをしたと伝えてきた。

それはとっても嬉しい報告だったので、よかったわねと言うと、ミラクは恥ずかしそうに頬を染める。

「ありがとうございます。皆のおかげで、正論に思いやりは詰まっていないのだと気付かされました」

私たちの話を聞くともなしに聞いていた護衛中の騎士たちは、全員で頷くと、ばちばちとミラクの背中を叩いてきた。

「その通りだ！」

「ミラク、よく気付いたな!!」

ミラクがサドルと言い合いをした原因は、サドルが連続で仕事に遅刻をしたことだ。

その場に居合わせたカノープスは、普段真面目なサドルが遅刻をするのには理由があるはずだと言ったけれど、ミラクは遅刻は遅刻だから、サドルの言い分を聞いてルールに例外を作るのは間違っている、と主張したのだ。

そのことがあって以来、ミラクとサドルの間には緊張状態が続いていたけれど、ミラクの口ぶりからすると、彼が折れてサドルの言い分を聞くようになったのかもしれない。

推測したことを尋ねてみると、ミラクはその通りだと肯定したうえで、一言付け足した。

「ちなみに、今朝、サドルが4回目の遅刻をしたので、その理由を尋ねてみました。遅刻の理由は、捨て猫を拾ったからという愚にもつかないものでしたよ」

「それはとっても大事なようじだわ！」

大きな声で物申すと、ミラクは困ったように苦笑する。

「こんな風に人によって基準が異なるものを、一律に判断することは難しいですよね。だから、理由を尋ねて、時にはそこに思いやりと優しさを込めることが必要なのでしょうね。ああ、もちろん今回の件に関しては、情状酌量の余地は一切ないので、『捨て猫を拾ったことは遅刻の理由にならない！』とサドルを叱り飛ばしておきました」

最後はきりりとした表情で厳しいことを言うミラクだったけれど、その後ろから、にやにやした騎士たちが情報を補足してきた。

「そうはいっても、ミラクが遅刻の理由を聞いたことで、サドルの態度はずいぶん軟化しました。堅物のミラクが相手を理解しようと態度を改めたことが、サドルは嬉しかったのでしょうね」

「さらに、『理由にならない！』と叱っておきながら、食堂からもらってきたミルクをサドルに渡していたから、サドルはさらに軟化してふにゃふにゃになっていましたよ」

「姫君に余計なことを言うんじゃない！」

顔を赤くしたミラクが、団長のもとに行ってくると言い訳をしながらその場を離れると、残された騎士たちはおかしそうに話を続ける。

「あいつは正しくあることに固執し過ぎていましたからね。正しいものが正解とは限らない、とやっと分かったんだと思いますよ」

「世の中には色んな人がいるので、正論が全ての人に当てはまるわけではないんですよね。人の数だけ正解があってもおかしくないんですから」

「オレたちの目的は姫君をお守りすることで、そのためには、騎士間の連携をよくしておくことが大事だと、やっと気付いたんじゃないですかね。もっと成長すれば、おべっかや袖の下なんかも必要だと理解するようになるでしょうけどね」

最後の意見はさすがに行き過ぎだと思われたようで、すぐに反対意見が続く。

「それは姫君に聞かせる話じゃないぞ！」

「ミラクはくそ真面目だから、さすがにそれは許容できねぇだろう！」

騎士たちの言葉は乱暴だったけれど、ミラクを想っている気持ちが言葉の端々に表れていた。

そのため、私は嬉しくなって笑顔になる。

「みんなはミラクが好きなのね！　私もミラクが好きよ。ミラクがいろいろと変わってきたのなら、今後は私のお手伝いをしたいという、すうこうな気持ちを分かってもらえるかしら？」

これまでのミラクはいつだって、私がお手伝いをしようとするたびに先回りして、全部彼がやってしまっていたのだ。

今後はその対応も変わるかしら、と期待を込めて尋ねると、騎士たちに速攻で否定された。

「いや、それは無理ですよ！」

「ミラクの世話焼きな性質は、骨の髄まで染みついていますから!!」

難しいわね。どうやら私が騎士たちのお手伝いをできるようになるのは、まだまだ先の話のようだ。

◇　◇　◇

その日の夜、晩餐後にシリウスが私室に遊びに来てくれたので、ガレ村の決断とミラクの話をすると、シリウスは感慨深い様子で頷いた。

「ミラクの気持ちも分からなくはないな」

シリウスがぽつりと零した言葉に、驚いて目を見張る。

「えっ、そうなの？」

「オレも似たようなものだったからな。オレ自身の経験則に従った方が安心できるし、オレの手でやるのが一番確実だと、ずっとそう思っていた。だが……お前はオレの想定していない方法で現状を打開してきた。新たな魔法を編み出し、未知の魔法をかけることでオレの能力を強化したのだ。

そんなことをやられたら、衝撃と驚愕のままお前に降伏することしかできやしない。ミラクがそうであるように、オレもお前に変えられたのだ」

「えっ、私がシリウスを変えたの？」

それはまずいわ。シリウスがどんな風に変わったのかは分からないけど、これまでのシリウスは『王国の勇者』として完璧だったから、変化することはよくないんじゃないかしら。

そう考えてびくびくしていると、シリウスに「いい変化だ」と訂正される。

あら、ということは、私とかかわったことで、シリウスが賢くて立派で有能になったってことかしら。悪くないわね。

にまりとしていると、シリウスが言葉を追加してきた。

「お前がかかわることで、物事がこれほど楽しく変わるとは思わなかった」

「えっ、楽しく？」

それは私が求めていた答えとは違うような……

たとえばセラフィーナは優秀だよとか、セラフィーナの手にかかれば驚くほど上手くいくとか、そんな褒め言葉を期待していたのだけれど、どうやら期待し過ぎたようだ。

「セラフィーナ、オレにとっては最上の褒め言葉のつもりなのだが。オレはこれまでほとんど感情が揺らぐことがなかったし、楽しいと思うことがなかった。お前と出会って、感情から新たなやる気が湧いてくることを知ったのだ」

「ふうん、私の知っているほめ言葉とはだいぶちがうけど」

そう口にしたものの、褒められたことは間違いないようだったので、嬉しくなった私はシリウスにぎゅうっと抱き着いた。

「シリウス、だったらもっと楽しいと思ってもらえるように頑張るわね！　まずはシリウスが気付かないうちに、ブーツの右と左を3回いれかえるわ」

「……そういうことではない」

シリウスは私の言葉を否定してきたものの、ちらりと顔を見ると微笑んでいたので、早速明日から左右のブーツの入れ替えを試してみようと心に決めたのだった。

そして、翌日、宣言通りシリウスのブーツの左右を入れ替えた後、私はシリウスの言葉から何かを摑んだ気になり、ガレシリーズの水やりを付き合ってくれたミラクに告げる。

「ねえ、ミラク、ガレ金葉の半分は聖女の魔力でできているけど、残りの半分は優しさでできているのよ！」

すると、ミラクは生真面目な表情で頷いた。

「姫君の言われる通りです」

あら、何だって正確を期するミラクだったら、『優しさで構成されるはずがありません』と返してきそうなのに、珍しいこともあるものね。

そう思ったものの、こんなミラクも素敵だわ、と私は反論することなく微笑んだのだった。

【挿話】第二王女の庭の警備

その日、近衛騎士たちは首を捻りながら、第二王女の庭の警備に当たっていた。

なぜだか突然、セラフィーナの庭の警備を行うように言いつけられたのだが、肝心の注意事項は1つも言い渡されなかったからだ。

「よう、聞いたか。何でも今後はずっと、24時間体制でこの庭を警備するらしいぜ」

「聞いた。だが、昼間はまだしも真夜中に真っ暗な庭で、一体何を守れと言うんだ？　セラフィーナ様の警護ってのなら分かるが、そちらは別途騎士たちが建物の周りに配置されるから、オレらは文字通り庭を守るんだろ？」

「なーんつうのか、ここのところデネブ団長は、オレたちに一段高いレベルのものを求めるようになったよな。『第二王女殿下の庭を警備しろ。関係者以外何ものも庭に入れてはいけないし、出してもいけない』って指示だけ出して、詳細を教えてくれないんだもんな。自分たちで考えろってことだろう？」

ぼやき出した騎士たちを、ミラクがじろりと睨みつけた。

「それこそが訓練の一環だ。護衛業務というのはいつだって、情報が出揃った中でできるとは限らないからな。少ない情報の中から有用なものを取り出して、整理して、間違いなく任務を遂行できるかどうかの訓練を、併せて課されているのだろう」

「「「それなー」」」

騎士たちの全員が同意したところで、シェアトが不敵な笑みを浮かべた。

「よし、だったら、姫君の庭を確認するのはどうだ？　デネブ団長の言い回しだと、『何も入れるな、何も出すな』ってことだよな。不審人物を誰も入れるなってのは分かるが、出すなってのはどういうことだと思う？　ってことだよな。オレの推測によると、何か貴重なものがこの庭に眠っているはずだ」

「オレもシェアトの意見に賛成だな。ほら、姫君はたくさんの木だとか苗木だとかを離宮から持ち込んだだろう。姫君が暮らしていたレントの森ってのは、王家が管理する禁足地だよな。あそこの植物は何らかの価値があって、外に出せないものじゃないかと思うんだ」

すかさずミアプラキドスが同意したため、庭の警備を仰せつかった騎士たちは、２人の発言が当たっているような気持ちになる。

そのため、庭の探索をすることで、全員の意見が一致したのだった。

◇　◇　◇

「こうやって改めて眺めてみると、この一角だけうっそうとしていて、およそ王城の庭らしくないよな」

『第二王女の庭』を探索しながら、騎士たちが感想を漏らす。

「そうだな。姫君の年齢ならば、丹精込めて育てられた大輪の花を好みそうだが、ここにあるのは木や草ばかりだ」

「好みってのは、幼い頃に形成されるらしいからな。うちの姫君は森育ちで、草に囲まれて成長したから、そういうのが好きなんだろう。いつだって草摘みをされているじゃないか」

実際には、あまり見ることができない貴重で希少な薬草をセラフィーナは摘んでいるのだが、そのことを知らない騎士たちは草摘みという認識らしい。

「ところで、ざっと見た感じだと、貴重そうな植物はないな。というか、あったとしてもオレには分からねえ」

「あー、お前もか。オレにも分からねえことに、今気が付いたわ」

緊張感なく庭の中を歩き回っていた騎士たちだったが、その中の1人が訝し気な声を上げた。

「ああ？　この穴は何だ？」

どうしたどうした、と集まった騎士たちは、庭の一角に掘られた横穴を見て首を傾げる。

「いつの間にこんな穴ができていたんだ？　……もしかして、あれか？　姫君の秘密基地のようなもので、シリウス副総長に見せられないグッズが隠してあるのか？」

「姫君の秘密グッズか。それは少し興味があるな。点数の悪いテスト用紙が隠してあるんじゃないかと予想するが、……よし、ちょっくらオレが覗いてこよう」

ミアプラキドスはそう言うと、大きな体を縮めて窮屈そうに穴の中に上半身を潜り込ませ……びくりとその体が跳ねた途端、そのままの姿勢で後退してきた。

「んあ、早かったな？」

呑気な口調で尋ねるシェアトに対して、ミアプラキドスは焦った声を上げる。

「あか、あか、赤い目の黒い魔物だ！！！」

対するシェアトを始めとした騎士たちは、意味が分からないとばかりに顔をしかめる。

「あ？　お前は何を言っているんだ？　黒い魔物なんて、そう簡単にいるわけねえだろう！　これまで2頭しか確認されていないんだぞ！　穴の中が薄暗かったから、黒色に見えただけじゃねえのか」

「第一、お前の言葉が事実だったら、姫君の庭に魔物がいたということになるじゃないか！　それは……あっ、まさか本当に魔物がいて、そいつがこの庭から出しちゃいけないやつなのか？」

「いや、庭で魔物を飼うって、さすがにそれはねえだろう!!」

セラフィーナはいつだって突飛なことをしでかすが、まさか王城の庭で魔物を飼うような常識知らずなことをするはずがない……と皆で穴を遠巻きに見ていたところ、穴の中から1頭の獣が出てきた。

その瞬間、騎士たちは抱き合うと、素っ頓狂な声を上げる。

「ひっ、ひいいいい!!」

「く、く、黒フェンリル！！！」

目の前にいたのは、間違いなく黒い魔物だった。

「これか、これか、これなのか!! この庭から出してはいけないやつは!!」

「またか！ またなのか!? 今回も姫君がオレの常識を超えてきたぞ!! あああ、いつになったらオレは学習するんだ」

近衛騎士たちはシリウスが自ら人選を行ったため、選りすぐりの者たちが集められている。

そのため、残念なことに目端が利くようで、黒フェンリルが首にベルトをしていて、そのベルトにセラフィーナが大切にしていた翡翠貝の装身具が付けられていたことに気付いてしまった。

それはつまり、この凶暴で凶悪な魔物をセラフィーナが飼っており、可愛がっていることを意味していた。

「……騎士の仕事は多岐にわたるからな！ 想像を絶するような業務だっていくつもあった！ しかし、これは……黒色魔獣の警護をするってのは、ぶっちぎりで想定外の出来事だ!!」

「お前ええええ、魔物のくせに何姫君をたぶらかしてくれちゃってているんだよ！」

繰り返すが、近衛騎士たちはシリウス自ら人選を行ったため、選りすぐりの者たちが集められている。

そのため、騎士団内でも指折りの剣士たちが集合しており、現時点では彼らの誰もが黒フェンリルより強かった。

しかし、騎士たちは強いからこそ、黒フェンリルの伸びしろが大きいことを感じ取っており——恐らく、1年もしないうちに、目の前の魔物が自分たちの力を上回るだろうことを予測できていた。

「えっ、何なの、オレはこいつが、オレを殺せるほど強くなるのを黙って見てなきゃいけないのか？」

「いや、違うだろう。黙って見ているだけでなく、他のものから傷付けられないように守ってやらなければいけないいんじゃないのか。つまり、『関係者以外何ものも庭に入れてはいけない』ってのは、黒フェンリルを一切の害悪から守れってことだろう？」

「マジか、マジか、オレは自ら命のカウントダウンをしなきゃいけないのか！　おい、オレの墓石には、『業務を全うした忠実なる騎士、ここに眠る』ときちんと彫ってくれよ」

「無理だ。お前が天の国に行くと同時に、オレも同じ国の住人だ。はあー、天には黒い狼がいねぇといいなあ」

騎士たちが諦めの境地に達したその時、可愛らしい声が背後で響いた。

「ルド！」

その声を聞いた途端、黒フェンリルは警戒を解くと大きく飛び上がり、騎士たちを越えて声の主に――セラフィーナのもとに駆けていく。

セラフィーナは黒フェンリルに抱き着くと、笑顔で騎士たちを見上げた。

「うふふふ、私のかわいいお友だちに会ったのね」

『私の可愛いお友達とはどなたですか？　黒フェンリルが本当に可愛いんですか⁉』と聞きたい気持ちを騎士たちは抑えつける。

それから、黒い魔物がセラフィーナに完全に懐いている様子を見て、騎士たちは絶望的な表情を浮かべた。

「「可愛いお友達……」」

騎士たちの全員が、それは言葉が間違っているという顔をしたけれど、セラフィーナは黒い魔獣を撫でることに夢中で気付かない様子だ。

「ひ、姫君、お友達というのは、様々なことが一緒にできる同等の相手ですよ。魔物をお友達と言うのはちょっとどうですかね？」

シェアトが恐る恐る言うと、ミアプラキドスが援護射撃をする。

「シェアトの言う通りです。魔物と人は、食べるものと食べられるものの関係です。そんな恐ろしい存在に固執しないで、もっとちゃんとしたご友人を探されてはどうですか？」

「お友だちは他にもいるわよ。セブンとオリーゴーとシリウスよ」

無邪気な様子で返してくるセラフィーナの言葉を聞いて、騎士たちは絶句した。

「………」

「な、なるほど！　これっぽっちも生態が分かっていない子どもの精霊と、初代様と、我らが副総長ですか!!　……実に不思議ですが、その中に入れると黒色魔獣も普通に見えてきますね」

引きつった表情でそう返すシェアトだったが、彼は諦めた様子で目を瞑ると、大きなため息をついた。

「理解しました！　オレがこの庭で何を守るべきかを。その黒いのは『黒色魔獣』ではなく『姫君のお友達』なのですね」

シェアトがやっとのことで導き出した結論は、セラフィーナにとって正解だったようで、彼女は嬉しそうに顔を輝かせた。

「えっ、ルドを守ってくれるの？　ありがとう！　ルドはすぐに大きくなるわ。そうしたら、今度はきっとルドがシェアトたちを守ってくれるわよ」

「オレがこの黒色魔……姫君のお友達に守られるのですか？　いやあ、それは恐れ多いので遠慮します」

シェアトは本気で断ったのだが、セラフィーナは彼が言葉通り遠慮していると考えたようでにこりと微笑んだ。

「まあ、えんりょしないでちょうだい！」

「は……はい」

主の言葉を何度も拒絶するものではないと、セラフィーナの言葉を受け入れるシェアトを見て、とばっちりを受けては堪らないと、騎士たちがゆっくり2人から離れていく。

そんな騎士たちの表情は、この先に降りかかってくるだろう恐ろしい未来を想像したようで、一様に暗かった。

その後、セラフィーナは黒い魔物としばらく遊んでいた。

しかし、遊び疲れたのか、気付いた時には黒フェンリルを枕にして眠っていた。

眠りこけた1人と1頭を見下ろしながら、いつの間にか集合していた騎士たちは疲れ切った声を出す。

「おい……黒色魔獣がお友達だってよ。うちの姫君はどこまで規格外なんだ」

「ああ、姫君が常識外れだって分かっていたはずなんだがなあ……黒色魔獣か。この魔獣の巣を姫君の秘密基地とか言っていたオレって可愛いよな？　はあ、悪い点数のテスト用紙が出てきた方が100倍よかったな」

「不確定情報下での護衛訓練は十分じゃねぇか？　『護衛業務というのはいつだって、情報が出揃った中でできるとは限らない』って話だったが、こんな非常識な事案がそうそう起こるわけねえよな！　レアケース過ぎて、逆に訓練にならないと思うぞ」

セラフィーナは色んな生物を手懐ける性質がある。

野生生物そのものだったシリウスを筆頭に、国王、３王子と次々に懐柔していったのだから……

「シリウス副総長に比べたら、黒色魔獣を手懐けることなんて楽勝だろう！　どうか姫君がこの魔物を手懐けてくれて、将来的にオレが喰われることがありませんように!!」

「「どうかー!!」」

騎士たちはそう言うと、眠るセラフィーナと黒フェンリルに向かって手を合わせたのだった。

セラフィーナと魔法付与（準備編）

「セラフィーナ、何かほしいものはないか？」

私室で本を読んでいたところ、隣に座っていたシリウスから唐突に質問されたので、どうしたのかしらと顔を上げた。

そもそもの発端は、いつものように私室でゆったりしていた私を、シリウスが訪ねてきたことだ。

シリウスは特に何か話すでもなく、ソファに座って考え込んでいたため、そんな日もあるわよねと薬草図鑑を眺めていると、突然質問されたのだ。

「え、ほしいもの？」

どうしてそんなことを聞いてきたのかしらと思いながらも、ほしいものを考える。

「そうねえ、まだ見たことがない薬草がほしいわ。でも、見たことがあったとしても、手に入りにくい薬草がたくさん手に入るのもすてきね。そうしたら、しっぱいをおそれずに、色んな薬をおためしで作製できるもの」

「薬草は普段から、お前に採ってきてやっているだろう」

シリウスの返事を聞いて、私はどう答えるべきかしらと考える。

シリウスはものすごく強い騎士なので、森の奥深くまで魔物を討伐しに行くことがある。

その際に私を喜ばせようとして、薬草らしきものを必ず採ってきてくれるのだけど……それらは全て『シリウスが薬草だと思った植物』なのだ。

つまり、実際には薬草でない場合がほとんどで、稀に薬草が交じっていても、それらは森の入り口付近に生えている、どこにでもある薬草であることが常だった。

先日、ガレ金葉を探して『星降の森』に行った際、ついでにと色々な薬草を採取してきたのだけれど、あの森にはたくさんの種類の薬草が生えていた。

シリウスは観察力があるし、魔物のわずかな特徴の違いを簡単に見分けることができるのに、薬草が豊富な『星降の森』ですら雑草ばかりを摘んでくるのだから、植物に興味がないことの表れだろう。

そのことを証明するように、昨日、シリウスの目の前に薬草図鑑を置いてみたところ、数ページぱらぱらとめくっただけで本を閉じてしまった。

知らない薬草のことを知ろうとしないし、明らかに興味がない様子だったのだ。

私だって貴族家の名前を覚えることは嫌いだし、時間があっても貴族名鑑を読もうとは思わない。

多分、シリウスにとって薬草はそういうものなのだろうな、と思いながら口を開く。

「あー、それなのだけど……」

一体どう説明したものかしらと躊躇(ためら)っていたところ、ふといい考えが浮かんだ。

「シリウス、次はどこに魔物を討伐しに行くの？」

「『星降の森』の東側にある『星待(ほしまち)の森』に行く予定だ」

「だったら」

私は読んでいた薬草図鑑をぱらぱらとめくる。

「これとこの薬草が、『星待の森』の奥深くに生えているらしいの。だから、見つけたら採ってきてくれない？」

シリウスは数秒間図鑑を見つめた後、「分かった」と頷いた。

「これまでは目についた薬草を漫然と摘んできていたが、そうやって指定してもらう方が、お前がほしいものを持ち帰れて都合がいいな」

「ええ、そうね」

シリウスは薬草に興味がないので、漠然と『薬草を採ってきて』とお願いしたら、本人が薬草だと考えた草を摘んでくる。

けれど、彼の記憶力は抜群なので、もしかしたら1つか2つの薬草を事前に指定したら、見分けて摘んできてもらえるかもしれないと考えたのだ。

私の予想が当たりますように、と祈っていると、シリウスは話を戻してきた。

「それで、薬草以外には何がほしい？」

「他に？　うーん、そうねえ、ししゅうをするための白いハンカチとか、いろんな色の糸とか、ハンカチにぬいつけるキャンディーとか……」

シリウスはそこで咳払いをすると、強引に話に割り込んできた。

「セラフィーナ、ハンカチにキャンディーを縫い付けるアイディアは、見直した方がいいかもしれないぞ。つまり、それはとっておきのアイディアだから、おいそれと披露するものではないと思われる。話がズレたが、オレが尋ねているのはそんないつだって贈れるような安価なものではなく、もっと……たとえば誕生日にもらうと嬉しいような特別な贈り物のことだ」

えっ、シリウスは私の誕生日プレゼントを準備してくれようとしているのかしら。

「シリウス、私のたんじょう日は冬よ。まだ何か月も先だわ」

「知っている。だが、簡単に手に入らないものを欲しているとしたら、入手するための時間が必要だ。……誕生日を持ち出したのはたとえだが」

ううーん、シリウスは隠しごとをするのが下手ね。

どう見ても私の誕生日の贈り物を探している様子じゃないの。

「ええと、たんじょう日にもらうようなとくべつな贈り物であれば……そうねえ、宝石や魔石がほしいわ」

「宝石は分かるが魔石だと？」

「ええ」

ハンカチの話で思い出したことがある。

先日、シリウスに刺繍入りのハンカチを贈ったのだけれど、刺繍をする際に魔力を込めていたようで、防御の効果が付いていたのだ。

物に長期的な魔法効果が付与される事案なんて聞いたことがなかったから、フェンリル討伐時にハンカチが光り、守護の力でシリウスが守られた際、誰もが何が起こったのか理解していなかった。

シリウスだけは一切ほつれていないハンカチを見て、ハンカチから何らかの魔法が発動したと仮定して調査を進めると言っていたけれど、そんなことがあるものかしらと私自身も半信半疑だった。

けれど、帰ってセブンにその話をしたら、あっさりと《ああ、魔法付与だね》と返されたのだ。

「魔法ふよ?」
その時の私は、物に魔法が付与されるということが理解できなかったため、どういうことかしらと首を傾げた。
そんな私に対し、セブンはしたり顔で説明を始めたのだ。
《様々な物に魔法の力を込めて、その効果を物に付けることだよ》

セブンは丁寧に説明してくれたつもりのようだけれど、言われたことが理解できない。

そのため、どういうことかしらとうーんと考えていると、セブンがもう一度言い直してくれた。

《フィーが騎士に身体強化や防御魔法をかけると、騎士の体にその効果が表れるよね。それと同じように、剣や盾にあらかじめ魔法をかけておくと、一定期間、その効果が持続するってわけ》

「まあ、そんなことができるのね！」

びっくりして目を丸くすると、セブンが胸を張った。

《何だってできるよ。だから、今回は珍しくもハンカチに効果が付いたみたいだね》

「えっ、そういうことなの？」

今さらながら、戦場で起こったことを理解していると、セブンは考えるかのように腕を組んだ。

《フィーが滅多にないほど強い魔力の持ち主だから、できたことだろうけどね。ただ、魔法を付与しても、効果が出やすい物と出にくい物があるから、ハンカチや糸じゃあ1回限りで、そう強い効果もないはずだ》

シリウスの命を守ったから、すごく強い効果だと思うけど、対象物が異なればもっと強い効果が表れるってことかしら？

「ふうん、だったら剣とか盾とかにふよすればいいってこと？」

《それがそうでもないんだよね。布に比べたら悪くないけど、一番いい対象物は長い年月をかけて作られた鉱物かな》

「こうぶつって宝石のことよね？　土の中で長い年月をかけて作られた石ならば、魔法の力をたくさんためられるのね。言われてみれば、土とか水とかの力を何百年も何千年もかけて吸収し、結晶化した石であれば、魔法の力もたくさんためこむことができそうよね」

セブンに同意した後、ふと気付いたことがあって尋ねてみる。

「その石って、魔物の体の中で長い年月をかけて作られた石ではだめなの？」

魔物の寿命はせいぜい１００年程度だから、宝石に比べたら魔石の方が結晶化するまでの期間はずいぶん短い。

けれど、たとえば魔法を使う魔物の体内で作られた魔石であれば、結晶化するまでの期間、ずっと魔法を浴び続けてきたはずだから、魔法を吸収することに長けているように思われる。

《魔石？　考えたこともなかったな。でも、試してみるのも面白いかもしれないね》

きらきらと目を輝かせるセブンに、私もにこにこと笑みを向ける。

「魔物の中には魔法をあやつるものもいるでしょう？　長い年月、魔法をあびてきた石だったら、どんなことになるのか楽しみだわ！」

そう、いつだってどうなるか分からないことをやってみるのは、とても楽しいことなのだ。

魔石を使って魔法付与の実験をしようと、セブンと私はわくわくしながら約束したのだった。

◇　◇　◇

そんな私たちの約束など知るはずもないシリウスは、言葉を選ぶ様子で口を開いた。

「セラフィーナ、魔石は基本的に黒い色をしている。誰もが知る警告色だ。装飾品として身に着けるものではないのだ」

シリウスが難しい顔をしていたので、どうやら私が魔石を指輪やネックレスに加工するつもりだと勘違いされたことに気付く。

「あっ、違うわ。魔石をそうしょく品にするつもりはないわ。かざり物にはしないから、宝石も魔石も大きいのがほしいわけではないの。それよりも、小さい物をたくさんもらう方がうれしいわ」

物への魔法付与は、これから練習を始める新しい試みだ。

最初のうちはたくさん失敗するだろうから、何度も練習できるような安価な石をたくさんもらえるのが一番嬉しい。

そんな気持ちで発言すると、シリウスはじっと私の顔を見つめた後、分かったと頷いた。

「お前がほしいものは理解した」

そう言うと、シリウスは私の部屋を退出していったため、まあ、やっぱりシリウスは私の誕生日プレゼントの品を尋ねに来たのねと思う。

多分、私がほしいものを聞き出したから、少しでも早く手配しようと出ていったのだわ。

シリウスは『誕生日を持ち出したのはたとえだ』と2回も口にしていたけれど、間違いなくたとえじゃないのだろう。ふふふ、シリウスは正直者だわ。

私は笑みを浮かべると、誕生日にもらえるだろう石に思いを馳(は)せた。

「宝石や魔石はどれだけ小さくてもいいから、10個くらいもらえないかしら。ううーん、さすがに望みすぎかしら。私は今度7歳になるから7個もらえるといいけど、……これも多すぎかしらね？」

色々と想像して楽しくなってきた私だったけれど――――私の『たくさん』とシリウスの『たくさん』に天と地ほどの差があることを知るのは、私の誕生日である。

【SIDEカノープス】絶対に承諾できない姫君のお願い

これは王城の庭で、薬草を採取していたセラフィーナ様の護衛をしていた時の話だ。

「カノープス、おねがいがあるのだけど」

セラフィーナ様がきらきらと目を輝かせながら私を見上げ、何事かを叶えてほしいと言ってきた。

私は姫君の護衛騎士だ。

姫君を守るための騎士であり、でき得る限り姫君の望みを叶えるべき立場にいる。

そのことは十分に分かっていたが、これまでの経験から、これからセラフィーナ様が口にする願いは絶対に私には叶えられない類のものであることが察せられた。

内容を知らないまま断ってしまいたいが、そういうわけにもいかない。

私は開きたくない口を何とか開くと、姫君に質問した。

「一体どのようなことでしょうか？」

「あのね、この間、『星降の森』でフェンリルたちと戦ったでしょう？　その時、フェンリルの1頭が私めがけて飛びかかってきたの」

もちろん、その場面は覚えている。

私が別のフェンリルに対応している隙に、あの魔物はよりにもよってセラフィーナ様を狙って攻撃してきたのだ。

シリウス副総長がいなければ姫君が傷付いていたに違いないと考えるたびに、身の裡(うち)が凍るような恐怖に襲われる後悔に満ちた記憶だ。

あの瞬間、私は護衛騎士として完全に失格だったのだから。

「もちろん覚えています。私が不甲斐ないがために、姫君が大変な目に遭うところだった場面を忘れるはずがありません」

ぎりりと奥歯を噛み締めながら答えると、セラフィーナ様は「あ、そうじゃないわ」とあっさりと否定してきた。

「カノープスはとてもよくやってくれたわ。そうではなくて、私も戦場に出るのだから、あの時みたいに危険な目にあうことが、今後たくさんあると思うの」

「いえ、二度とあのようなことが起こらぬよう、身命を賭してお守りいたします」

「ええと、だから、そうではなくてね。けがをおそれていては、りっぱな聖女になれないと思うの。なのに、フェンリルに飛びかかられた時、私は思わずしゃがんじゃったのよ。あれはダメだったわ。私は目をそらさずに相手の攻撃を見ていて、けがをしたしゅんかんに自分を治そうとすべきだったのに」

姫君の言葉を聞いた私は、一瞬にして真っ青になった。

「それは不可能です！　相手は姫君より何倍も大きくて、何だって引き裂く爪と牙を持った魔物でした。戦う術をご存じないセラフィーナ様が、正面から受け止めることはできません」

体の背面よりも正面の方が、大事な器官や部位が揃っている。

魔物に背中を向けたセラフィーナ様の行動は、身を守る観点から間違っていないのだ。

「でも、戦場をみわたしていないと、騎士たちに必要な魔法をかけそこなってしまうかもしれないわ。どんなにこわくても、目をそらすべきではなかったのよ。だからね、カノープスは私に剣をうちこんでみてくれない？」

「…………は？」

ぐらりと揺れたのは、私の脳内か体か。

「魔物に攻撃された場合のしょうげきを疑似体験したいの。もちろん、さいしょは木刀で、弱めの力でおねがいね。ちょっとずつ力を強くしていって、さいごはその腰にはいている剣でためしてほしいの」

「…………………………………………………………………………………………」

ありえないことだが、護衛対象であるセラフィーナ様の前で、私は一瞬昏倒しかけた。

というか、地面に膝をついた。

己がセラフィーナ様に木刀を打ち込む姿を想像して、吐きそうになったからだ。

「……セラフィーナ様、いっそ私に死んでくれと言ってください！」

「えっ？」

「そのような世迷いごとを実行しろと言われても、できるはずがございません!!」

「えっ、これは訓練よ。訓練のいっかんなの」

「そんな訓練はございません！！！」

私は初めて姫君の前で、喉も裂けよと大声を出した。

それは誰にとっても初めての光景だったようで、少し離れた場所にいた騎士たちが何事かと慌てた様子で寄ってくる。

「おいおい、カノープス、何て声を出すんだ！」

「それは死体を見た時でも出してはいけない声だぞ。ましてや姫君相手に出す声じゃねぇだろう」

「はは、もしかして姫君から悪戯をされたのか？」

姫君から提示された話はとても口にできるものではなかったため、地面に跪いたまま俯いていると、代わりにセラフィーナ様がもう一度私にした説明と同じことを口にし始めた。

無言のまま顔を上げると、初めは興味深げに聞いていた騎士たちが、どんどん青ざめていき、最後には私と同じように地面に崩れ落ちるのが見えた。

「ひ……姫君、そんなことは二度と言わないでください！」

「オレは、オレは……あっ、もうこれトラウマになるわ！」

「オレが姫君を傷付けることがあれば、自害しますよ!!」

どうやら他の騎士たちの感覚は、私と全く同じのようだ。

まるで乙女のように両手で顔を覆い、さめざめと泣き出した騎士たちを見て、これが通常の反応だと思う。

それなのに、セラフィーナ様はちっとも分かっていない様子で、まだ私たちを説得しようとしていた。

「私は聖女だから、けがをしたってすぐになおせるわ！　なにごとも訓練が大事だって、みんながいつも言っているじゃない!!」

「…………」

「…………」

「…………」

もちろん誰一人同意する者はなく、恨めし気に姫君を見つめるだけだ。

そんな私たちを見て、姫君はやっと実行不可能な望みを口にしていることに気付いたようで、自信がなさそうな表情を浮かべる。

「……ええと、ぜんいん反対なのかしら？　もしかして主君にけがをさせると、怒られるのかしら？」

全然違う。もちろん姫君に怪我を負わせることがあれば、王やシリウス副総長から半殺しの目に遭うのは間違いないが、体罰を受けることが怖くて姫君の望みを叶えないわけではないのだ。

私たちが誰よりも大切に思っている主君を、自らの手で傷付けることはできない、というシンプルで当然の話なのだ。

恐怖に震える私たちが言えることは1つだけだった。

そのため、全員が地面に跪いたまま、喉も裂けよと叫ぶ。

「「ご自分に防御魔法をかけてください！！！！！」」

いつもいつも私たちにばかり防御魔法をかけないで、ご自分にかけるべきなのだ。

「あっ、その手があったわね」

初めて気付いたとばかりにぽんと手を打ち鳴らしたセラフィーナ様を見て、これまで気付いていなかったのかと、騎士全員の体から力が抜ける。

地面に這いつくばる私たちを前に、セラフィーナ様は無邪気な様子で新たな提案をしてきた。

「確かにいい考えだけど、それでも防げなかった時のために、前もって訓練をしておくことは大事……」

「必要ありません！　何があっても、絶対にお守りしますから!!」

「姫君、もうお願いですから、そのお考えは捨ててください!!」

「どうかオレたちを助けると思って、未来永劫、金輪際、口にしないでください!!」

「……わ、分かったわ」

セラフィーナ様は次々に畳みかけてくる騎士たちの姿に驚いたようで、全く分かってはいない様子ながらも頷いてくれた。

そのため、姫君の了承を得たのであれば、これ以上この会話を続ける必要はないと、皆で立ち上がりかけたところで、離れた場所にいたシェアトとミアプラキドスが走ってきた。

「おいおい、何て声を出しているんだよ！　1キロ先にいても聞こえるぞ!!」

「何だあ、皆で地面に這いつくばって。何かの訓練か？」

「あのね……」

セラフィーナ様が律儀に三度めの説明をしようと口を開きかけたため、先ほどの再現だと思った私たちは地面に蹲ったまま、全員で大声を出した。

「「何でもない!!　お前たち2人は向こうへ行け！！！」」

もう一度同じことを繰り返したら身が保たない、と思っての切実な言葉だったが、いつだって呑気な2人は、これっぽっちも理解していない様子で身震いする真似をした。

「こわっ」

「おー、おー、全員で財布でも落としたのか。すこぶる機嫌が悪いな」

姫君の言葉を遮ったのは自分たちの身を守るためではあるが、同時にこの2人の身も守られたことは間違いない。

にもかかわらず、2人は全く理解していない様子でにやついていた。

そんな2人をまるっと無視すると、私は姫君に視線を定めて心から訴える。

「セラフィーナ様、世の中にはどうしても叶えられない願いというものがあります！　それがこれです！　賢明なる姫君であれば、どうかご理解いただきますよう」

「「「どうかご理解くださいいいいい！！！」」」

懇願するような騎士たちの声が続いたこともあって、セラフィーナ様はもう一度はっきりと頷いてくれた。

「わ、分かったわ！」

そんな姫君の姿を見て、地面に這いつくばっていた騎士の全員がほっと胸を撫で下ろす。

よろよろと立ち上がりながら、私は――――恐らく、同時に立ち上がった騎士の全員が、あと何度、姫君からこのような実行不可能なことを要求されるのだろうと考えて、ぶるりと全身を震わせた。

そんな私たちを見て、シェアトとミアプラキドスは一体何があったのだろうと、興味深そうに目を輝かせる。

無知であることは幸せなことだと、2人を横目に見ながら私は思った。

とはいってもこの2人のことだから、今日の出来事を探ろうとするだろうし、答えに辿り着くだろう。

そうして、２人ともに大きなダメージを受けるのだろうなと、私は近い未来を完璧に予測した。

好奇心は猫を殺す。そのことは分かっていたが、疲れ過ぎていて、２人に忠告する元気は残っていなかった。

悪いなと思いながらもこの件を放置することにする。

姫君の護衛を仰せつかったことは大変な名誉で、これ以上ない誇りであることは確かだが……非常に苦労も多いのだと、私は疲れた頭と体で理解したのだった。

ルーンティアの鍵

その日、私は1つの鍵を手に持つと、カノープスとともに騎士の訓練場に向かった。

私の姿に気付いた近衛騎士たちが手を止めて見つめてきたため、手の中の鍵を皆に見せる。

「さあて、名探偵セラフィーナがほんりょうはっきする機会がやってきたわよ！　名探偵はこっそり活動するものだけれど、カノープスが私のすばらしい能力をみんなの前ではっきすべきだと言うから迎えに来たわ。ということで、ミラクとファクトにも付いてきてほしいのだけど」

私に名指しされたミラクとファクトは無言のまま私を見つめると、ごくりと唾を飲み込んだ。

「それは例の隠し宮殿で初代……い、いえ、精霊様にもらった鍵ですね？」

ミラクの質問に、その通りだと頷く。

「ええ、オリーゴーのお友達であるルーンティアのひみつ部屋のかぎですって！　この部屋でおもしろいものが見られるとオリーゴーは言っていたから、それをさぐりに行くのが私の使命だわ！」

「使命ですか。世の中には秘密のままにしておいた方がいい情報も多々あります。そのため、西海岸の旅行の思い出として、その鍵をおもちゃ箱にしまっておくのも1つの方法だと思います。が、姫君は使命を果たされるのでしょうね」

ファクトの探るような言葉にその通りだと頷くと、彼は諦めた様子で尋ねてきた。

「王城の敷地内にある離宮の一室に秘密部屋がある、と精霊様は発言されたんですよね？」

ファクトはオリーゴーの宮殿に同行していないのに、まるで見てきたかのように正確な情報を口にした。

その姿を見て、さすがファクトだわと感心して頷く。

「そうなの。現在のりきゅうは使われていないうえ、入るのに許可がいるんですって。だから、おとー様にお願いしていたのだけれど、やっと許可がおりたわ！　さあ、ひみつ部屋をさぐりに行きましょう」

「はあ、とうとう王が根負けして、許可を出されたんですね」

「意外だな、王の許可が下りずに、永遠に待機状態になるパターンだと思っていたのに。姫君のお願い攻撃にはさすがの王も耐えきれなかったのか？」

ミラクとファクトが好き勝手なことを言っていると、シェアトが近付いてきてにこりと笑った。

「姫君、オレも同行しますよ！」

そんなシェアトを見て、ミラクとファクトが呆れた表情を浮かべる。

「呼ばれてもいないのにしゃしゃり出てきて、当然の顔をして同行を申し出るとは、鋼(はがね)の心臓持ちだな」

「ああ、今回必要なのは脳みそだ。シェアトが役に立たないことはほぼ確定しているのに」

２人の言葉は辛辣（しんらつ）だったけれど、シェアトはこれっぽっちも気にしているようには見えなかったためおかしくなる。

「うふふ、シェアトの冒険心が刺激されたようね！　りきゅうでなにか面白いものが見つかるといいわね」

私はシェアトに笑みを向けると、カノープス、ミラク、ファクト、シェアトの４人とともに、離宮に向かったのだった。

離宮の前ではセブンが待っていた。

《フィー、遅いよ！》

文句を言いながらぶんぶんと空中を飛び回るセブンに向かって、騎士たちがぺこりと頭を下げたので、どうやら今日のセブンは皆から見えるようだ。

ふふ、騎士たちに姿を見せるあたり、セブンは秘密部屋に入ることにわくわくしているようね。

私の悪戯精霊は楽しいことが好きだから、秘密部屋と聞いて興奮しているのかもしれない。

セブンを見て笑みを浮かべたところで、私はふとオリーゴーの言葉を思い出す。

《これはルーンティアの秘密部屋の鍵なんだ。彼女は色々と面白いことをやっていて、私も手伝ったからもっと面白くなって、面白過ぎて他の人に見せたくなくなったから、鍵をかけて誰も入れないようにしていたんだ》

オリーゴーは泣き虫だったけど、精霊なので、きっと悪戯が好きなはずだ。

そんな彼が『面白過ぎて他の人に見せたくなくなった』と言い出すくらいだから、どんな面白いものが隠されているのかしら。

離宮に視線を向けると、扉の前に警備の騎士たちが立っているのが見えた。

王城警備の担当は第二騎士団となっており、以前、ミラクが所属していた団だ。

ミラクが気安い調子で警備の騎士たちに話しかけると、彼らは笑顔を見せた後、私に向かって頭を下げる。

「国王陛下よりうかがっております。どうぞお入りください」

「うふふ、お楽しみハウスへの入場が許可されたわよ！」

わくわくしながら開かれた扉の先に足を踏み入れると、ミラクが生真面目な表情で訂正してきた。

「お楽しみハウスではなく、初代国王のご母堂様が過ごされた宮殿です」

さらにファクトが情報を補足してくる。

「ご母堂様がお亡くなりになった後、２００年もの間ずっと閉じられていた宮殿でもあります」

「２００年もの間、誰も使わなかったのに入り口に騎士をおいているのね」

これはよっぽど大事なものがこの家の中に隠されているのだわ。

そう思いながら玄関ホールで辺りを見回すと、まるでレントの森に帰ってきたような気持ちになった。

「えっ？」

びっくりして目を丸くすると、同じく驚いている様子のセブンと目が合う。

《ここは精霊にとって、非常に心地いい空間になっているね》

「精霊にとって心地いい空間……」

セブンの言葉に納得するものがあり、なるほどと大きく頷く。

この場所がレントの森に似ているのでなく、あの森の持っていた雰囲気と似ているのだわ。

レントの森が生まれたての未熟な精霊たちにとって優しい場所であったように、この離宮は精霊が過ごしやすい場所になっているのだろう。

一体どういった仕組みかしらと考えたところで、玄関ホールの天井が全てガラス張りになっていることに気が付いた。

「あれは特別なガラスね。お日様の光を集めて……違うわね、集めるのではなく、しゅしゃせんたくしているわ」

《そうだね、取捨選択して原始の陽の光だけをこの館に通すようにしてあるみたいだ。すごい仕組みだよ、精霊の最高傑作だ》

セブンは吹き抜けの天井付近まで飛び上がると、ガラスに顔をくっつけるようにして確認していた。

精霊は非常に高度な製品を作ることができるけれど、その製法は分かっていない。

材料にするものの素材と質が全く異なるうえ、私たちの知らない魔法の技術を持っているのだろう、と言われているだけだ。

セブンの説明を受けたことで、この離宮で感じる心地よさの理由を理解できたように思ったため、お返しにと知っている情報をセブンに伝える。

「初代国王のおとー様は精霊王だったんですって。だから、200年ほど前、精霊王はこのりきゅうでくらしていたらしいわ。精霊はすごく長生きだから、もしかしたら精霊王はまだ生きているかもしれないわよね。そうだとしたら、いちど、会ってみたいわ」

《……僕は二度と会いたくないな。初代精霊王とその側近たちは別格だもの。僕たちとは全然別物だから、レベルが違い過ぎて、同じ空間にいるだけで息が詰まってしまうよ》

まあ、初代精霊王は怖いタイプなのかしら。

だとしたら、私もあまり近付きたくないわね。

騎士たちと建物の中を進んでいき、階段を上ってさらに行った後、ある扉の前で立ち止まる。

1階にも2階にも部屋はたくさんあったけれど、なぜだかオリーゴーからもらった鍵はこの部屋のものに違いない、という気がしたからだ。

恐る恐る試してみると、鍵穴に差し込んだ鍵は高い音を立てながら回転し、正しくこの部屋の鍵であることを示したため、思わず歓声を上げる。

「かぎが開いたわ！　次はとびらを開けるわよ！　うふふ、この部屋の中には、一体どんな楽しいものがあるのかしら？」

セブンと顔を見合わせながら、わくわくした気持ちで中を覗き込んだところで、私はぽかんと口を開けた。

「えっ？」

なぜなら扉の内側は、室内とは思えない様相を呈していたからだ。

信じられないことに、部屋の中央には1本の大きな木が鎮座し、床の半分には様々な植物が植えてある。

どの植物もすくすくと育っていたため、もしやと思って天井を見上げると、玄関ホールと同じく特殊なガラスが天井一面に張り巡らせてあった。

植物が植えられていない部分の床からは木目が覗いており、その上には室内らしく、執務机やテーブル、ロッキングチェアやソファといった家具が置いてある。

それから、部屋をぐるりと囲むような形で、本がぎっしりと詰まった本棚が設置されていた。

天井からは初めて見る乾燥させた植物や、鳥の羽根、動物の角などがぶら下げてある。

色々と気になるものばかりだけれど、床に植えてある植物は何かしらと、一番気になる部分を確認すると、それらは全て、滅多に見つからない効能の高い薬草だった。

「まあ、この薬草は高い山のいただきでしかとれないはずだわ。それなのに、どうしてりきゅうの中で育つことができるのかしら?」

図鑑によると、この薬草は雪の中から顔を出すとのことだった。

それなのに、どうして極寒ではないどころか、暑い夏の日差しが照り付ける王城で栽培できているのかしらと不思議に思う。

その他にも、深い海の底でしか育たない薬草や、魔物の角部分にしか生えない薬草が、秘密部屋の中で栽培されていた。

まあ、ルーンティアは一体どうやってこれらの植物を栽培したのかしら。

それに、最後にこの部屋を閉じてから200年もの月日が経っているのに、どうして薬草たちは青々と茂っているのかしら。

先日、薬草を森で採取するのではなく、自分たちで栽培するという話をミラクから聞いて驚いたけれど、この秘密部屋はさらに上を行っているわね。

私は頭を振りながら、次に気になった大きな木に近付いていく。

その木にはたくさんの巣箱がかけてあったため、中を覗いてみると、黒い羽根がこんもりと積まれていた。

それはただの羽根でしかなかったけれど、目にした瞬間、背筋が凍るような感覚を味わったため、

思わずぎゅううっとセブンに抱き着く。

「黒い羽根？　黒い生物？　シリウスがルドを除くと、この大陸には2頭しか黒い魔物はいないと言っていたわ。そのうちの1頭のものかしら？」

思いついたことをそのまま口にしてみたけれど、返ってくる声はなかった。

しばらくセブンと抱き合って震えていたけれど、騎士たちが一切発言しないことを不思議に思い顔を上げる。

「カノープス？」

尋ねるように見上げると、カノープスはぐっと唇を噛み締めただけで返事をしなかった。

あら、珍しくカノープスが唇を引き結んでいるわ。

彼がこの表情をするのは、答えを知っているけど言いたくない時なのよね。

「ねえ、カノープス、この羽根は魔獣のものかしら？」

でも、カノープスはどんなに言いたくなくても、質問すると答えてくれるのよね。

「……恐らく、違います」

カノープスの短い返事を聞いた私は、彼らしくないわねと首を傾げる。

どうしたのかしら。質問には答えてくれたけれど、それ以上説明しようとしないなんて、よっぽど言いたくない事柄なのかしら。

でも、私は質問するわよ。

「だったら、何の羽根かしら？」

私の質問を聞いたカノープスは、ぐっと顔を歪めたけれど、長い沈黙の後に観念した様子で口を開いた。

「…………私は実物を見たことがないので、推測でしかありませんが……魔人の羽根ではないかと思われます」

「まじん？」

聞いたことがない単語を耳にし、魔物の一種かしらと目を瞬かせる。

「はじめて聞く単語だわ。人っぽい魔物ってこと？」

「はい、人型をした魔物の総称です。ただし、ここ１００年ほど人前に現れたことはありませんので、一生涯、遭遇する機会はない相手だと思われます」

カノープスの声は硬く、珍しく目を逸らしていたため、これ以上話をしたくない雰囲気を感じ取った私は、質問の相手を変えることにする。

他の３人に目をやると、普段とは異なり真っ青な顔をしているシェアトの姿が目に入った。

「シェアト、どうしたの？　顔色が悪いわ」

驚いて声をかけると、シェアトはその場にしゃがみ込み、震える手で顔を覆う。

「ええと、はい、その……オレは黒い羽根が嫌いでして、よかったらその羽根の話は止めてもらってもいいですか」

「えっ、だいじょうぶなの？」

驚いて尋ねると、すかさずミラクとファクトが返事を引き取った。

「シェアトはもちろん大丈夫です。しかし、彼は意外と繊細なところがあるので、もしよろしければ別のアイテムを見て回るのはどうでしょう？」

「姫君、こちらにたくさんの本がありますよ。ああ、この本は部屋の主だった方お手製の薬草図鑑のようですね」

「えっ、薬草ずかん？」

理由は分からないものの、私も黒い羽根には恐怖を感じていたし、わざわざシェアトが嫌がっている羽根の話をする必要はないだろうと、あっさりファクトの話に飛びつく。

私はファクトに渡された本を手に持つと、ソファに腰かけた。

そして、その後の時間はおとなしく本を読んで過ごしたのだった。


日が暮れかけてきたため、そろそろ戻りましょうと声をかけられた私は、読んでいた本から顔を上げると満足のため息をついた。

「この部屋はすごいわね！　とってもおもしろいものであふれているわ」

けれど、それは聖女にとって面白い部屋ということで、騎士にとっては面白くなかったようで、賛同の声は1つも上がらなかった。

好きなものが違うのだから仕方がないわよねと思いながら立ち上がると、私は決意表明する。

「王女としてのおべんきょうを減らしてもらったから、今後はこの部屋にちょくちょく来ることにするわ！」

そして、一つ一つ部屋のものを探っていくわ。

だって、知らないことを知るのはわくわくするもの。

「セブン、いっしょにやるわよ！」

《ああ、やっぱり僕も巻き込まれるんだね》

嫌そうな声を出すセブンに、私は笑顔を向ける。

「退屈は精霊をダメにするんでしょう？　これでしばらくは退屈しないわよ」

《確かにそう言ったけど、こういう形の忙しさを求めているわけじゃないんだよね》

泣き言を言うセブンだったけれど、言葉ほどには嫌がっていないようで、すぐににやりと笑みを浮かべた。

《だけど、前王が始めた未完の研究を完成させることができたら、それはすごいことだよね。そう考えると、わくわくしてくるな》

セブンがその気になってくれたようなので、ここぞとばかりに彼を褒める。

「私1人では分からないことがたくさんあるから、賢いセブンがいっしょにやってくれたら、すごく心強いわ！」

《……仕方ないな。フィーがそんなにやりたいのなら、手伝ってあげるよ》

頬を赤くして答えるセブンを、私はぎゅっと抱きしめた。

「ありがとう、セブン！」

嬉しい、私の賢い精霊が協力してくれるなら、何だってできるわ！

今後はこの部屋にあるものを一つ一つ解析していき、最終的にはルーンティアの研究を完成させるわよ、と私は決意したのだった。

◇　◇　◇

しかしながら、後日。

「……え、魔人？」

想定外のことに、私は黒い髪と黒い瞳を持つ人外の存在に遭遇することになる。

――けれど、それは少し先のことで、私がルーンティアの研究の重大さに気付くのも、まだ先のことだった。

SIDE STORY

セラフィーナ、シリウスについての誤解を正す

最近、私は決意した。

私の立派な騎士であるシリウスについての誤解を正そうと。

というのも、先日、ミラクとともに聖女騎士団の聖女たちとレストランで一緒になったところ、思いもよらない会話を耳にしたからだ。

「ところで、シリウス副総長をどう思う？　最近、万年氷が少しだけ解けて、千年氷くらいになってきたと思わない？」
「ないない。せいぜい9千年氷くらいでしょう。相変わらず、私たち聖女に対する要求が高過ぎるわよ。『あと一歩踏み出せ』って簡単に言うけど、そうしたら魔物の攻撃を食らうっつうの！」

◇　◇　◇

　聖女たちはその後もシリウスについての会話を続けていたけれど、それらの全てが誤解に基づいたものだった。

　そのため、王城に戻ってきた後、何とかしないといけないわと私室で難しい顔をしていると、護衛に就いた騎士たちから何かあったのかと心配された。

　レストランでの出来事を伝えようとしたところで、聖女たちの話の中によく分からない単語が出てきたことを思い出し、万年氷の意味をシェアトに尋ねてみたところ、とんでもない答えが返ってきた。

「万年氷ですか？　それは1万年もの長い間、解けないぶ厚い氷のことです。はい？　たとえとして人に使うとしたら、どういう意味かですって？　……そうですね、冷酷で冷徹で、人の心を持っていない魔人のような人物ということですかね」

　私はびっくりして、もう一度シェアトに聞き返す。

「えっ、そんなにひどい人物だと思われているの？　ええと、だったら……9千年氷だったら、だいぶよくなったかしら？」

　千年も短くなったとしたら、ものすごい変化よねと思ったのだけれど、隣に立っていたミアプラキドスが首を横に振った。

「セラフィーナ様、人が何年生きると思っているんですか。せいぜい100年程度ですよ。9千年にしろ、1万年にしろ、人生の数十倍もの長い時間ですから、人生の長さ視点で考えた場合、どちらも同じ意味になります。やっぱり冷酷で冷徹で、人の心を持っていない魔人のような人物ということです」

「がーん！」

シリウスはあんなに優しくていい人なのに、聖女たちに冷たい人だと誤解されているのだわ。

「なんてことかしら。こうなったら、私がなんとかしなければいけないわね！」

固い決意をもって呟くと、護衛中の騎士たちが用心深い表情を浮かべる。

ファクトが眼鏡を指で押し上げながら、皆を代表して質問してきた。

「セラフィーナ様、聞きたくはないですが、問題を先送りにしても未来の私たちが酷い目に遭うことは分かり切っているので、一体何を決意したのかを聞いてもいいですか？」

「あのね、信じられないでしょうけど、『万年氷』とか『9千年氷』とか言われているのはシリウスなの！」

驚かないでちょうだいね、と念を押しながらシリウスの秘密情報を披露すると、なぜだか全員が納得した様子で頷く。

「なるほど、それはまた的確な表現ですね！　考えた者は文才がありますよ」

「ええ、シリウス副総長の冷淡な苛烈(かれつ)さを見事に表していますね!!　全くもって副総長のことだと分かる言い回しです」

まあ、シリウスは聖女たちだけではなく騎士たちからも誤解されているのかしら。

そうだとしたら、ますます私の出番ね！

きらんと目を光らせた私を見て、騎士たちがしまったとばかりに顔をしかめた。

「あっ、いえ！　……わっ、わあ、驚きました！　まさか『万年氷』がシリウス副総長のことだったとは」

「1万年も凍り続ける氷ならば、非常にぴかぴかしているんじゃないですかね。シリウス副総長は男前ですから、その端整な顔をぴかぴかの氷に映したいといった話であれば的確だと思いますよ」

騎士たちは焦った様子で言葉を重ねてきたけれど、わざとらしかったり、内容がズレていたりしたため、私はうーんと考え込む。

「みんなはシリウスの身近にいるのに、それでもこんなごかいが生まれるのね。あのね、シリウスはとっても優しいのよ」

真実を口にしたというのに、ミラク、シェアト、ファクト、ミアプラキドスの4人は首を横に振った。

「……それは姫君に対してだけですよ」

「オレたちに対しても優しくはあるのでしょうが、その10倍厳しいですからね！　たとえばオレたちが魔物にやられて怪我をした場合、同じことが起きないようにと10倍しごいてくるんですよ！

10倍ですよ10倍!! これはもう尋常ではありません!!」

「もちろん再び魔物に襲われてピンチに陥った場合、シリウス副総長が助けてくれるでしょうから、親切と言えば親切なのでしょう。ただし、その前の訓練が厳し過ぎるため、しごかれた印象しか残らないんです」

「マジでオレの墓場は訓練場だと思ったことが、これまでに10回以上あります!!」

「ああー、そういうことね」

シリウスは騎士たちのためを思って、何かあっても困らないようにと、心を鬼にして必要な訓練を施しているんだわ。

そして、騎士たちはそんなシリウスの心が分かってはいるんだけど、訓練が厳しいので、感謝の気持ちよりもうんざりする気持ちが勝ってしまうのね。

ということは……ぴーん!

「ひらめいたわ! シリウスはみんなのことが心配だから、ついきびしくしてしまうと思うのよ。きびしくされたくないんだったら、シリウスが安心するくらい、みんなが強くなればいいんだわ」

素晴らしい閃き(ひらめ)だわと、思いついたばかりのアイディアを披露したけれど、騎士たちは顔を引きつらせた。

「シリウス副総長が安心するくらいオレたちが強くなるんですか?」

「それは一体どのくらいですかね? 竜を1人で倒せるくらいですか? あるいは、シリウス副総長に一太刀浴びせることができるほどですかね？」

騎士たちは次々に質問を浴びせてきたけれど、私が答えるより早く自分たちで結論を出す。

「間違いなく、そうなるための訓練をするよりも、副総長にしごかれる方が10倍マシです！」

「竜を1人で倒せるようになるまで訓練するにしろ、副総長にしごかれるにしろ、どちらにしてもオレの墓場は訓練場です！」

ううーん、私の騎士たちは完全にシリウスを誤解しているわね。

どうやら聖女たちの誤解を解く前に、騎士たちの誤解を解く必要があるようだわ。

けれど、騎士たちの考えを変えるのは簡単ではなさそうだし、私はその方法を思いつかないから、お友達の知恵を借りることにしよう。

そう考えた私は、レントの森を再現したお庭に向かったのだった。

◇　◇　◇

私以外の人々にとって、精霊の声は風の吹く音や火が燃える音に聞こえるらしい。

そうであれば、セブンの声は私以外の者には聞き取れないはずだけれど、念のためにとお願いして、騎士たちには少し離れた場所で護衛をしてもらう。

私はセブンと一緒に1本の木の下にしゃがみ込むと、ひそひそと今後の作戦について話し合った。

「セブン、びっくりしないでね。信じられないかもしれないけど、騎士たちはシリウスのことを冷こくで冷てつで、人の心をもっていない魔人のような人物だと思っているの！」

驚くべき情報を披露したというのに、私のお友達はちっとも驚く様子を見せなかった。さすがセブン、冷静沈着だわ。

《安心して、これっぽっちも驚かないから。シリウスはいつだって、騎士たちに地獄の特訓を強いているから、そう見做されることに何の不思議もないよ。というか、あの訓練こそが諸悪の根源だよね。騎士たちは結局のところ、『シリウス副総長が汗を流しながら、自ら手合わせしてくださるとは！』と感激して、いつまでも訓練に付き合うし、シリウスは恐ろしい体力を持っているから、いつまで経っても終わらないし》

「う、うん、つまり訓練をやめればいいってこと？」

訓練が問題ならば止めればいいわよね、と素直に考えて質問すると、セブンは首を横に振った。

《いや、訓練を止める必要はないんじゃないの。口では泣き言を言っていたとしても、騎士たちは体を動かすのが好きなんだよ。だから、止めたら逆にがっかりするよ》

「まあ、さすがセブンだわ！　だれも気付かない世界のしんりをお見通しじゃないの」

セブンったら騎士たちの心の中を読んでいるのねとびっくりしたけれど、そんなんじゃないよと首を横に振られる。

《騎士が全員、単純だというだけの話だから。いつだって訓練場では、騎士たちが手合わせを希望して、シリウスの前にずらりと並んでいるから、誰だって分かることだよ。それよりも、シリウスが優しいと騎士たちに思われればいいんだよね？》
「その通りよ！」
セブンは顎を上げると、得意気な表情を浮かべた。
《ふふふん、実は僕は完璧な解決方法を知っているんだよね。この前、お城の侍女たちがちょうどそのことについて話していたからね。答えはギャップだよ！　普段は冷たい人が犬や猫に優しくすると、誰もが『この人は、本当は優しい人なんだ！』と感じるらしいよ》
「まあ、世界はそんな仕組みになっていたのね！　犬ということは、ルドに優しくするシリウスを騎士たちに見てもらえばいいのね」
解決策を教えてもらった私は、今すぐ実行したくなる。
《いや、ルドは犬じゃなくて滅多にいない黒色魔獣だよね。そんな存在に優しくしたって、凶暴な魔獣を手懐けているということで、シリウスがさらに恐ろしく見えるだけじゃないの？　……フィー！　僕は大事なことを話しているから聞いた方がいいよ！　ああ、行っちゃった》
我慢できずに走り出した私の後ろから、セブンの声が追いかけてきたけれど、私は構わずに走り続けた。
そして、ルドが住む横穴の前に到着すると、四つん這いになってごそごそと穴の中に入っていったのだった。

それから、３日後。

私は騎士たちとともに私の庭に向かって歩いていった。

『プライベート中に目撃した』という状況の方が、よりインパクトがあるように思われたため、騎士たちには私服を着用してもらう。

もちろん彼らは私の護衛をしており、間違いなく勤務中だったため、なんちゃってプライベートでしかなかったけれど、全員が文句を言うことなく付き合ってくれた。

初めはいつも通り軽口をたたいていた騎士たちだったけれど、奥に進むにつれてその足取りが重くなる。

「ひ、姫君、庭の奥に行くんですか？」

「えっ、待ってください。そこは王城内の禁足地ですよ。黒い……黒い何かが……」

「ああ、失敗した！　今日は内勤だからいいかなって、剣をあまり磨いてこなかったのに、まさか禁足地に足を踏み入れるなんて!!」

体を縮こませながら、恐る恐るといった様子で歩を進めるシェアト、ファクト、ミアプラキドスを横目に、私ははっとした表情を作ると立ち止まった。

それから、しーっと言いながら人差し指を唇に当てると、眼前に広がる庭の一点を指し示す。

「まあ、見てちょうだい。きょうあくで恐ろしいはずのシリウスが、小さくて弱々しい犬をなでているわ！」

さすが時間に正確なシリウスだ。

私がお願いした通り、指定した時間にちゃんと私の庭に来て、膝に乗せたルドの頭を撫でている。

これで完璧に『普段はちょっと怖いけど、実は小動物に優しい人』が出来上がったわよ。

さあ、騎士たちはこんなシリウスを見て、どんどん感動してちょうだい、と期待しながら皆を見つめていると、私の言葉を聞いた全員が驚いたように目を見張った。

「は？」

「シリウス副総長が犬を撫でているんですか？」

「珍しいこともあるものですね！　おおかた非常食にでもしようと考えているだけじゃないですか？」

うう－ん、普段であれば最後の意見はいただけないところだけれど、今日に限ってはいいことだと考えることにする。

ギャップが大事だという話だったから、『シリウスは酷い』と考えていたところから『シリウスは優しい』に変わった方が、より優しく見えるのじゃないかしら。

私は騎士たちがシリウスを眺めやすいようにささっと横に避けると、皆の表情を見守った。

騎士たちは疑わし気に私が指さした方向に視線をやったけれど、すぐにはっとしたように体を強張らせる。

それから、信じられないものを見たとばかりに難しい表情をすると、ぐっとこぶしを握り締めた。

……あ、あら、思っていた反応とは少し違うわね。

想定とは異なる反応を見て戸惑っていると、シェアトが激しい調子で口を開いた。

「セラフィーナ様、よく見てください！　シリウス副総長が撫でているのは犬ではなく黒色魔獣です！　成長したら間違いなくオレたちよりも強くなることが約束されたエリート魔獣です!!　それを撫でるって……オレには副総長が、オレたちに止(とど)めを刺すための手下を育成しているようにしか見えませんよ!!」

「えっ？」

思ってもみないことを言われたため、驚きで目を丸くする。

びっくりして声も出せないでいる間に、ミアプラキドスとファクトは信じられないといった様子で、次々に感想を口にした。

「マジですげえな！　あの魔物は一切牙をむくことなく、されるがままになっているぞ！　あのレベルになると相手の力量が量れるはずだから、副総長には逆らっちゃまずいと理解しているんだな。黒色魔獣を従えるって魔王かよ」

「やっぱり副総長はただ者じゃなかったな！　さすが解けない氷だけのことはある。誰にも従わないはずの黒色魔獣を従えているのだからな」

「……あれ？」

おかしいわね。騎士たちの態度もセリフも、私が期待していたものとは真逆なのだけど、と思いながら皆と同じようにシリウスに視線をやる。

騎士たちが見ているものと、私に見えているものは異なっているのかしら、と確認したくなったからだ。

けれど、私の目に映ったのは、先ほどと同じく木陰に腰を下ろしてルドを足の上に乗せ、その背中を撫でている優しいシリウスの姿だった。

何もおかしなところはないわよね？　昨日シリウスにお願いした通りの行動を彼は取っているわ。

そう考えながら、昨日シリウスと交わした会話を思い返す。

◇　◇　◇

「シリウス、ルドはまだ子どもで甘えん坊なの。明日、あの子をなでてやってもらえないかしら？」

唐突なお願いだったにもかかわらず、シリウスは驚くでもなく、不思議そうな表情で私を見つめてきただけだった。

「構わないが、お前が撫でた方が喜ぶのではないか」

「えっ、そ、それが明日はいそがしいのよね！」

思いがけずシリウスが切り返してきたため、私はつい正直に返してしまった。

それは無理よ。だって、明日の私は騎士たちとこっそり私の庭に侵入し、小動物を優しく撫でるシリウスを覗き見しながら、『シリウスは優しい！』と一緒になって褒めなければいけないんだもの！

そんな私を見て、シリウスは分かったと頷いてくれたから、私はほっと安心したのだ……

◇　◇　◇

そうして今、――私の作戦通り、シリウスは優しい手付きでルドを撫でていたわ。

「みんな、ちゃんと見てちょうだい！　シリウスはとっても上手に犬をなでているわ！　シリウスは優しい、とっても優しいわ！　ああー、ふだんはちょっと恐ろしいシリウスだけど、子犬をなでるなんて本当はとってもとっても優しいのだわ!!」

おかしい。騎士たちはきっとシリウスの優しさに驚いて、彼を褒めたたえると思ったから、『そうね、そうね、すごいわね！』と頷いていれば済むと思ったのに、誰もシリウスを優しいと言わないわよ。

こうなったら私が大袈裟に褒めるしかないわと、笑顔で手を叩いていると、騎士たちは引きつった顔で見下ろしてきた。

「セラフィーナ様、お気を確かに持ってください！　優しいというのは弱っている者や役に立たない者にも親切にする者のことです。副総長はオレたちをとっちめるために、魔物の手下を育成しているのであって、あれは親切ではありません！」

シェアトが反論するようなことを言ってきたけれど、会話の中におかしな単語が交じっていたため、彼は目が悪かったかしらと思いながら聞き返す。

「えっ、手下って……小さな犬よ？」

「「「犬ではありません、フェンリルです!!」」」

皆が声を揃えたため、まあ、誰もが正確に表現しようとするのね、とその几帳面さを意外に思う。

「せいかくに言えばそうだけど、小さいうちは犬のようなものだわ」

私の言葉を聞いた全員が、地面にしゃがみ込むと頭を抱えた。

「……そうだった、こっちも規格外だった」

「そもそも黒色魔獣を飼おうと初めに考えたのが姫君だったな。やべえ、ペット感覚で黒フェンリルに接する姫君に、オレらの常識的な意見が通じるわけがねぇ」

「どうやって収めるんだ、これ？」

聞こえないほど小さな声でぼそぼそと何事かを言っているけれど、こういう場合はたいてい私の悪口を言っているのだ。

私が隣にいるのに遠慮がなさ過ぎじゃないかしら、と思ったものの、そういう時もあるわよねと、優しい私は聞き流すことにする。

それより、今はシリウスの『実は優しい人』作戦を推し進めないといけないわ。

「あのね、相手の優しさを感じ取るためには、自分も同じような優しさを持っていないといけない、と家庭教師のせんせーが言っていたわ」

私は腰に手を当てると、騎士たちを見つめる。

「こーんなに明らかなシリウスの優しさが分からないなんて、みんなの優しさが足りていないのじゃないかしら?」

騎士たちは顔を見合わせた後、納得した様子で頷いた。

「姫君の言う通りです！　シリウス副総長の優しさとオレたちの優しさは全く種類が異なるため、オレたちには理解できないようです!!」

「子ウサギに獅子の優しさが分からないのと同じことです!!」

シェアトとミアプラキドスのたとえはよく分からなかったけれど、彼らの言葉に納得できるものがあったため、ふうんと首を傾げる。

「シリウスがどんな風に優しいのかは分からないけど、シリウスが優しいのは分かるってこと?」

私の言葉を聞いた騎士たちは動揺した様子を見せた。

それから、こそこそと何事かを話し合い始める。

「おい、姫君の解釈では、副総長が優しいことにオレたちが同意したことになっているぞ」

「副総長は間違いなく姫君に優しいからな。私たちにも優しくしているはずだと、思い込んでいるんだろう」

「これは同意しないと、話が終わらないんじゃねぇか」

皆で頷き合っているので、一通りの結論が出たようだ。

騎士たちは全員で胸を張ると声を揃えた。

「「「その通りです!!」」」

話し合いの時間が必要だったようだけれど、全員の声が揃ったので、きっと本心なのだろう。

よかった、やっとシリウスの優しさが伝わったのねと私はにっこりした。

「シリウスはとっても優しいのに、『万年氷』と言われてごかいされているから心配していたの。私の騎士たちがシリウスの優しさを分かってくれてうれしいわ」

「「「……………そうですね」」」

シェアト、ファクト、ミアプラキドスの3人は沈んだ声で同意した。

そのことを不思議に思ったものの、彼らの誤解を解くことができたのだから、まあいいわと考えを切り替える。

それから、次は……と、騎士たちを見上げた。

「あのね、シリウスはどうやら聖女騎士団の聖女たちに、冷こくだってごかいされているようなの。だから、みんなが聖女たちといっしょになった時に、それとなくシリウスの優しさを伝えてもらえると嬉しいわ」

「「分かりました！　シリウス副総長がエリート魔獣の頭を撫でていたと正確に伝えます!!」」

ぴしりと背筋を伸ばして一斉に答える騎士たちを見て、私は小首を傾げる。

「それでシリウスの優しさが伝わるかしら？　エリート魔獣よりも子犬をなでていたと言う方がよくない？」

「物事は正確に伝えるべきです！　では、『エリート魔獣の幼体を撫でていた』と伝えることにします!!」

「みんながそのひょうげんがいいと言うのならば分かったわ。うふふ、シリウスの優しさが伝わるといいわね」

笑顔で同意を求めたというのに、騎士たちは誰一人返事をしなかった。

何だか今日は騎士たちの反応がいつもと違うわねと思ったものの、まあいいわと、シェアト、ファクト、ミアプラキドスの３人と一緒に私の庭を後にしたのだった。

◇　◇　◇

それから1週間後。

実直な騎士たちは私のお願い通り、シリウスの優しい行動を聖女たちに伝えてくれたらしい。

そのことによって、聖女たちの態度が劇的に変化したのではないかしら、と期待したけれど、シリウスを見た途端に聖女たちがくるりと方向転換し、元来た道を引き返す場面を2回目撃した。

あれれ、なぜだか今まで以上にシリウスが聖女たちに敬遠されているわ、と私は首を傾げる。

もしかして私の作戦は上手くいっていないのかしら？　そうだとしたら、一体どこで間違えたのかしら？

思い当たることが全くなかったため、晩餐後に私室で首を捻っていると、目の前に座るシリウスがおかしそうに微笑んだ。

「セラフィーナ、考えごとか？」

「そうよ、とってもむずかしいことを考えているの」

しかつめらしい顔で答えると、シリウスはおやと片方の眉を上げた。

「もしかしたら手助けできるかもしれないから、お前の頭の中を共有してくれないか？」

私はちらりとシリウスを見上げる。

聖女たちがシリウスのことを冷酷だと考えていると知ったら、きっと彼は傷付くだろう。

言葉を選んで話さないといけないわ。

「シリウスはとってても優しいのに、どうしてそのことが聖女たちに伝わらないのかしらとふしぎに思っていたの」

「ああ……」

納得した様子を見せるシリウスに、私は不満気な表情を浮かべた。

「せっかくシリウスがルドを優しくなでる場面を騎士たちに見せたのに」

何が悪かったのかしら、と思いながら呟くと、シリウスが何かに思い当たった様子を見せる。

「なるほど。あの時、忙しいと言っていたはずのお前が騎士を引きつれて庭に来たから、用事がなくなったのかと思っていたが、オレを見に来ることが用事だったのか」

「えっ、こっそりのぞいていたのによく気付いたわね」

びっくりして尋ねると、呆れた声を出される。

「逆にどうやったら、あんな団体様御一行で来られて気付かないでいられるんだ」

「うっ、ま、まあ、シリウスはりっぱな騎士だから、なんだって見逃さないのかもしれないわね。ええと、それで、シリウスが小動物に優しいところを見てもらって、それを聖女たちに伝えてもらったのよ。それなのに、聖女たちのたいどが変わったように見えないから、どういうことかしらとふしぎに思っていたの」

シリウスに対する聖女たちの態度はむしろ酷くなったように思われるけれど、それは言わない方がいいわねと心の中にしまい込む。

シリウスはちらりと私を見た後、何気ない様子で尋ねてきた。

「セラフィーナ、お前も聖女だ。お前はオレのことをどう思っているんだ？」

「えっ、もちろんシリウスはとっても優しいと思うわ！」

シリウスはふっと小さく微笑んだ。

「そうか。お前がそう思っているのであれば十分だ。他の者にどう思われようと気にならないからな」

そう言うと、シリウスは何かを思い出した様子で内ポケットに手を入れ、小さな瓶を取り出した。

「今日訪れた森で見つけた『暴虹蜂(ぼうこうほう)のはちみつ』だ。見つかったハチの巣はそう大きくなかったから大した量は採れなかったが、通常のはちみつより甘いぞ」

「えっ、シリウス、これは」

「出張の土産だ」

シリウスが行っていたのは1泊2日の魔物討伐だ。

お土産を持って帰れるような出張ではなかったのに、わざわざ貴重なはちみつを採取してきてくれたらしい。

「やっぱりシリウスはとっても優しいわ！　私はなんとしてでもこの優しさを聖女たちに伝えなければいけないわ」

両手をぎゅっと握りしめて決意すると、シリウスはおかしそうに唇の端を上げた。

「必要ないと思うぞ。騎士たちに言わせると、オレはお前に甘過ぎるらしい。立場上、少しばかり厳しい人物だと思われていた方が都合がいいから、今くらいが丁度いい」

「えっ、そうなの？」

「ああ」

私は少し考えた後、大きく頷いた。

「分かったわ。シリウスの希望であれば、このままにしておくわね！　それに、優しさというのは、しぜんと伝わるものだし」

「そうだな。お前に伝わったのであれば、それで十分だ」

シリウスはもう一度、先ほどと同じ言葉を繰り返すと、私ににやりと微笑んだ。

「それに、セラフィーナ、恐らくお前がどれほど頑張ろうとも、お前以外の者はオレのことを優しいとは思わないはずだ」

「えっ、私以外にも騎士たちだって……」

そんなはずはないと慌てて言い返そうとしたけれど、シリウスが珍しく私の言葉をさえぎってきた。

「お前だけだ」

そうは思わなかったけれど、なぜだか私はシリウスに同意するような言葉を口にする。

「……そうなのね」

すると、シリウスが満足したように微笑んだので――私はまあいいかと思ったのだった。

そして、何があったとしても私だけは、シリウスが優しいことを絶対に信じて疑わないわ、と心に誓ったのだった。

【ＳＩＤＥシリウス】セラフィーナと反抗期

それは近衛騎士団長室に顔を出した時のことだ。

「はーっ」

珍しくデネブ近衛騎士団長がテーブルにつっぷしてため息をついていたため、どうかしたのかと声をかけた。

「デネブ、何か気にかかることがあるのか？」

すると、デネブは素早く上半身を起こしてびしりと背筋を伸ばし、しゃっきりとした声を出した。

「これはシリウス副総長！　失礼しました。業務上の問題は一切ありません！　……ええと、その、プライベートな話で申し訳ありませんが、息子のことで悩んでおりまして」

「息子というとハダルか？　少し前までは、毎年行われる騎士団対抗の模擬戦を見に来ていたな」

父親であるデネブに似た体格のよい少年が、瞳をきらきらと輝かせながら父親を見つめる姿が脳裏に浮かんできたため、当時のことを思い出しながらそう尋ねる。

「む、息子のことをそこまで覚えておられるとは、すごい記憶力ですな！　しかも名前まで覚えてくださっているとは、副総長の記憶力はどうなっているんですかね？」

「一度紹介されたからな」

事実を告げると、デネブは何か言いた気な表情を浮かべたが、結局、言葉を呑み込んだ様子で話を続けた。

「そのハダルが反抗期なのです。何でも子どもには2回の反抗期があるらしいんですが、ハダルは2回とも終わっていたので安心していたんです。そうしたら、最近、再び反抗期が始まりましてね。詳しく聞いたら、5歳くらいから始まる『中間反抗期』というものがあって、実際には3回の反抗期があるらしいんですよ」

セラフィーナは6歳だ。その『中間反抗期』は既に終わったのだろうか。

「5歳から始まる『中間反抗期』……それはどのくらいの期間続くんだ？」

「そうですね、ハダルの場合は5年くらいでしたかね。あいつの友達も似たようなものらしいですから、概ねそのくらいじゃないですか」

「5年！」

セラフィーナがこれまで生きてきた年月とほとんど同じじゃないか。

「もちろん個人差がありますから、5歳から始まる子どももいれば、6歳から始まる子どももいます」

「6歳から」

セラフィーナは正に今6歳じゃないか。

「それから、反抗期の内容も子どもによって異なります。可愛らしく『いやいや』と言うものから、親と口をきかなくなるものまで」

「『いやいや』と言うのが可愛らしいだと？」

『いや』と言われた方は大変なダメージを受けるだろうから、可愛らしいと表現できるものではないはずだ。

さらに、子どもが口をきかなくなったとしたら、親は衝撃で崩れ落ちるのではないだろうか。

「王も大変だな」

思わずぼそりと零すと、セラフィーナのことを考えていたと気付かれたようで、デネブは同意するかのように頷いた。

「ああー、確かに陛下はセラフィーナ様を可愛がられていますから、反抗期が始まったら衝撃を受けられるでしょうね。その点、シリウス副総長は冷静に対応しそうですが」

「なぜここでオレの名前が出る」

不思議に思って尋ねると、デネブは驚いた様子で目を見張る。

「えっ、だって、反抗期に反抗するのは信頼している相手に対してですからね。セラフィーナ様は陛下よりもむしろ、シリウス副総長の方を身近に感じているんじゃないですか？　そうだとしたら、副総長に対して一番反抗するはずです」

セラフィーナがオレに対して反抗するだと？

「セラフィーナがオレに『嫌だ』と言ったり、口をきかなくなったりするというのか!?」

「ははは、その通りです！　それを防ぎたいのであれば、姫君に懐かれ過ぎないよう、甘やかすのを止めることですね。なあに、たとえ反抗期が来たとしても一時的なものですよ。せいぜい5年程度しか続きませんから」

「5年！」

デネブはとんでもないことを口にすると、「あっ、騎士たちに集合をかけていたんだった」と慌てた様子で立ち上がった。

それから、衝撃を受けるオレには目もくれず、部屋から退出していったのだった。

◇　◇　◇

「何事も訓練が大事だ」

オレはふらつきそうになる足を叱咤すると、何とかセラフィーナの部屋までたどり着いた。

扉の前で一呼吸し、心を落ち着けてから入室する。

セラフィーナは白い紙に絵を描いているところだったが、オレを見ると笑みを浮かべて席を立った。

「シリウス！」

セラフィーナは嬉しそうにオレの名前を呼ぶと、ぱたぱたぱたと足音を立てながら駆けてくる。

彼女の行動を見る限り、厭われているようには思えなかったため、オレは胸を撫でおろした。

よかった、セラフィーナは今のところ反抗期とは無縁らしい。

その後もしばらくセラフィーナとともに過ごしたが、彼女の態度はいつも通りだったため、本格的に安心してため息をつく。

「シリウス、どうかしたの？」

オレの言動は普段と異なっていたようで、セラフィーナが気になる様子で尋ねてきた。

「何がだ？」

「どうして今日は私のことをじっと見つめているのかなと思って」

セラフィーナは鋭いな。

「いつの日かお前が、オレのことを『嫌だ』と思い、口をきかなくなるのだろうかと心配していたのだ」

正直に答えると、セラフィーナは疑い深そうな顔でじとりと見つめてきた。

「そんなことを考えるのは、シリウスが何か悪いことをしたからかしら？」

とんでもない濡れ衣を着せられたため、オレは降伏を示して両手を上げる。

「セラフィーナ、オレがお前に悪事を働くはずがない！」

これまでの行動を思い返してみても、セラフィーナに悪行を働いたことは一度もなかったため、自信を持ってそう答える。

けれど、セラフィーナはじとりとした目付きのまま言葉を続けた。

「この間、大陸共通語のせんせーが、私の宿題をふやすことをシリウスに相談したら、さんせいされたって言っていたわ」

「それは悪いことではないだろう。お前のためだ」

きちんと道理を説いたというのに、セラフィーナは全く納得していない表情で言葉を続けた。

「それから、私がシリウスにおくったハンカチをぜんぜん使っていないって侍女が言っていたわ」

「もちろん使っているとも！　いや……外出用務がある時は携帯しないな。そう言われれば、オレの仕事は外出用務が多いかもしれない」

「それは、ちっとも使っていないってことじゃない！」

セラフィーナは不満そうに頬を膨らませたが、オレは反論の言葉を見つけられず言葉に詰まる。

「それは……（お前がハンカチにキャンディーを縫い付けたことが原因だ。晴れた日に携帯したら、ハンカチを入れたポケットごとドロドロになるだろうからな）」

セラフィーナを傷付けないようにと言葉を選んでいたところ、発する言葉を見つけられず口を噤む形になってしまう。

するとなぜだか誤解を生んでしまったようで、彼女はにこりと微笑んだ。

「シリウス、ごまかさなくても分かっているわ！　本当はシリウスがうっかり屋さんで、いつだってハンカチをもっていくのを忘れるのよね」

「………………」

何と、オレの出来が悪いことにされてしまったぞ。

納得はいかなかったが、これ以上ハンカチ談義を続けることは無意味だと思われたため、オレは不承不承頷くとセラフィーナを訪ねた目的を告げる。

「セラフィーナ、今日、お前のもとに来たのは、オレの耐性を付けるためだ。いつかその日が来ると心構えをしていても、それだけでは不十分だろうからな」

セラフィーナはこてりと首を傾げた。

「たいせい？」

「ああ。前もって疑似体験をしておけば、実際にその場面を迎えたとしても、衝撃を和らげることができるはずだ。いいか、これは訓練だ。オレが何を言ったとしても、『嫌だ』と返してくれ。そうして、オレが『終了だ』と言った後は、一切返事をせず口を閉じていてほしい」

「分かったわ」

セラフィーナは全く理解していない様子ながら、承諾してくれた。

そのため、オレは彼女を誘惑する言葉をかける。

「セラフィーナ、これから街にケーキを食べに行かないか？」

「ええ、行くわ!! ……と見せかけて行かないわ。いやよ」

セラフィーナはたった今交わした約束事を忘れていたようで、目をきらきらさせて同意してきた。けれど、すぐにオレの発言全てを否定するルールを思い出したようで、慌てた様子で首を横に振る。

セラフィーナからきっぱり『いや』と言われにもかかわらず、心配したほど心は痛まなかったため、オレはほっと胸を撫で下ろした。

「そうか。だとしたら、おもちゃを買いに行くのはどうだ? お前は新しい髪飾りがほしいと言っていたから、装飾品の店もいいかもしれない」

「い……」

セラフィーナが必死で我慢していることが表情から伝わってくる。

「行き……たくない。いやよ」

約束通りに『いや』と言ったセラフィーナは、無理をしているのか少し顔が強張っていた。

そのため、見方によっては本当に嫌がっているように思えてしまう。

「……そうか」

おかしい。セラフィーナがオレの提案を拒絶するのは、オレがそう依頼したからだということは分かっている。

それなのに、先ほどと違って強張った表情で『いや』と言われると、衝撃を受けるのはどうしてだ。

訓練だと分かっていてこれでは、実際に拒絶された場合はどうなってしまうのか。

さらにセラフィーナと二言三言交わしたことで、オレはこの訓練の仕組みを理解する。

繰り返すことで衝撃が薄まるというのは間違いだな。衝撃が蓄積されて、より多くのダメージを受けるじゃないか。

そうと分かればこれ以上の訓練は不要だ。

オレはふらりとしながら立ち上がると、セラフィーナに礼を言った。

「これで訓練は『終了だ』。セラフィーナ、付き合ってくれてありがとう」

そう言って彼女の頭を撫でたが、セラフィーナはじっとオレを見上げてくるだけで無言だった。

「セラフィーナ、どうした？」

「…………」

「ケーキを買ってこようか？　それとも、おもちゃがいいか？　ああ、やはり髪飾りを……」

セラフィーナが喜びそうなものを次々に挙げてみたものの、彼女は一言も発することなくじっとオレを見つめるだけだった。

まさか本当に反抗期が来たのか？

「セラフィーナ、オレに腹を立てているのであれば……」

心配事を口にしかけたところで、セラフィーナが一切しゃべらないとばかりに、両手で自分の口を押さえる。

そのジェスチャーを見たことで、彼女に合図をした後は口を開かないよう頼んでいたことを思い出した。

「ああ、そうだったな！　セラフィーナ、もうしゃべっていいぞ。自分で言い出しておいて、頼んでいたことを忘れていた」

そうして、実際に反抗期が来たのではないかと恐怖したのだから、話にならないな。

しかし、セラフィーナに『嫌だ』と言われることや、口をきいてもらえないことは、思っていた以上に堪えるな。

反抗されるのを避けるため、デネブのアドバイス通りにセラフィーナを甘やかすのを止めるべきか。

とはいっても、実際にオレは大して甘やかしていないから、今後は少し厳しくしなければならないということか？　……それは気が進まないな。

つらつらと考えている間に、セラフィーナは口を押さえていた手を離すと、ぷはあっと詰めていた息を吐き出した。

それから、赤くなった顔でオレを見上げてくる。

「しゃべらないでいることはむずかしいわね。もう訓練はおわったの？　私は思ったことを言ってもいいの？　シリウス、私はケーキが食べたいし、おもちゃがほしいし、かみかざりがほしいわ！」

「さすがはセラフィーナだ!!」

ほしいものをほしいと言うセラフィーナは非常に素直で可愛らしい。そして、子どもは素直なのが一番だ。

そう思ったオレは、その日の午後に出掛けた際に、彼女が要望したものを全て買い揃えてきた。

ケーキとおもちゃ、髪飾りが入った袋を抱えて王城の廊下を歩いていると、デネブとすれ違う。

彼はオレの手荷物に目をやった後、進行方向にあるセラフィーナの私室を頭の中に思い浮かべたようで、オレが抱える品物が彼女への贈り物だと当たりを付けたらしい。

そのため、デネブは立ち止まると、渋い表情をして苦言を呈してきた。

「シリウス副総長、今日は姫君の誕生日ではないですよね？　控えめに言っても、甘やかし過ぎです」

「違うぞ！　オレはセラフィーナの帝国語の宿題を増やしたが、彼女はそれらを全てこなしたのだ。勤勉さに対する正当な対価だ!!」

「……なるほど」

デネブは全く納得していない表情で返事をすると、諦めた様子で去っていった。

「くっ、あいつは子育てをちっとも分かっていない！　子どもは叱るばかりではダメなのだ。少しばかり楽しみを与えないと、誰だってやる気が出ないのだから、これは正しい教育法だ！」

オレは誰にともなくそう呟くと、セラフィーナの私室に向かったのだった。

その後、セラフィーナにケーキ、おもちゃ、髪飾りが入った袋を渡すと、彼女は全ての贈り物に歓喜した。

「シリウス、ありがとう！」

そう言って抱き着いてくる笑顔のセラフィーナを見て、やはり『嫌だ』と拒絶されるよりも、笑顔で見上げられる方が何倍もいい、と改めて実感する。

にこにこと微笑んでいるセラフィーナを見ながら、オレは、世の中には反抗期がない子どももいるはずだと考えた。

それから、どうかセラフィーナがそのタイプでありますように、と祈ったのだった。

セラフィーナ、『一日シリウス』になる

ファクトが普段よりも煌びやかな騎士服を着ているわね、と不思議に思って尋ねると、聞きなれない言葉が返ってきた。

「一日騎士団長?」

「ええ、そうです。広報を目的に行われるもので、元々その職位にない者が、1日だけ業務を代行するのです。いつもと違う者が業務を行うので皆の興味を引き、多くの関心を集めることができます。改めてその業務の大切さを見直そうという試みですね」

なるほど、今日のファクトは騎士団長の服を着ていたから、普段よりも飾りが多くて煌びやかに見えたのね。

「ふーん。大切さをみなおすの」

その瞬間、閃いたことがあり目をきらんと光らせると、周りにいた騎士たちが一日騎士団長を実施中のファクトに警告の声を上げた。

「ファクト! お前はなぜ余計なことを言う!!」

「今の姫君の表情を見たか？　10割だ！　10割の確率で、余計なことを考え付かれたぞ!!」

まあ、失礼な。

私が考え付くのはいつだって、誰かのためになるアイディアなのに。

「ううーん、私が考え付いたのはいい考えで、ちっともよけいなことではないんだけど、シリウスのためのアイディアなのよね。みんなのためのアイディアは今度考えるから」

目の前にいる騎士たちではなく、この部屋にいないシリウスのためのアイディアを閃いたことに申し訳なさを覚えたけれど、騎士たちは気にした様子もなく安堵のため息をついた。

「ああー、オレたちに直接関係ない話か！　助かった！　……のか？　直接の関係がなければ、被害はないはずだよな？」

「恐らく、オレたちに被害はないと思うぞ。シリウス副総長関連であれば、副総長が自ら処理されるはずだからな」

半信半疑ながらもほっとした表情を見せる騎士たちに、私は胸を張る。

「セラフィーナはとってもいいことを考えました！　シリウスが優しいことをしょうめいしようとして失敗したので、今度はシリウスに高いかちがあることをしょうめいします！　だから、私が『一日シリウス』になります!!」

私の宣言を聞いた騎士たちは、表情を引きつらせた。

「……は？」

「ひ、姫君は何を言っているんだ⁉」

「ダメだ、意味は全く分からないが、『一日シリウス』だなんてトラブルの匂いしかしないぞ‼」

騎士たちの態度を見て、ファクトの言葉の効果を実感する。

まあ、普段はシリウスでない私がシリウスをやると言っただけで、皆は興味津々だわ。

確かに普段とは異なる者が業務を代行することで、皆の興味を引き多くの関心を集めることができるようね。

「よし、やるわよ！」

固く決意した私は、試みを実現すべく、おとー様のもとに向かったのだった。

「『一日シリウス』だって？」
そう言うと、おとー様は不服があるような表情で私を見つめてきた。
「うむ、騎士団副総長は大事な役職だが、それよりも国王の方が大事じゃないかな？　セラフィーナは私の偉大さを知らしめるために、『一日国王』になるべきじゃないか。私のありがたみが分かれば、宰相はあんなハードなスケジュールを押し付けようとしなくなると思うんだよね」
「おとー様、国王は代わりがきかないものなのよ。だから、１日だって代わることはできないわ」

びっくりして言い返すと、おとー様は悩まし気な表情をした。

「むむー、セラフィーナは素晴らしいことを言うね。次に宰相に会った時、同じことを大声で言ってくれないか。私は強健で体力があるから、宰相はどれだけ私を働かせてもいいと勘違いしているんだよ」

もっと大事にしてほしいなー、とぼやくおとー様に相槌を打つ。

「分かったわ」

おとー様は私の返事に満足したようで、「『一日シリウス』のことはウェズンに言っておくよ」と請け合ってくれた。

それから1週間後、私は朝からシリウスの執務室を訪問した。

彼は笑顔で私を迎え入れてくれたものの、私の格好を見た途端に用心深い表情を浮かべる。

「……セラフィーナ、その服装は何のつもりだ?」

「うふふ、何に見える?」

シリウスは私の後ろに控えるミラクをちらりと見た後、もう一度私に視線を戻した。

「角獣騎士団の騎士服に見えるな。しかも、飾緒(しょくしょ)があるということは騎士団長以上だろうが……」

珍しく言いよどむシリウスに向かって、私はぱちぱちと手を叩く。

「さすが、シリウス！　すばらしいすいり力だわ！　うふふ、私は誰でしょう?」

「その質問に答えなければいけないのか？」

シリウスは往生際悪くそう問い返した後、観念した様子でため息をついた。

「……オレか？」

「せいかいよ！　よく分かったわね」

「お前が腰に佩いている剣がオレのものと同じだからな」

「うふふ、よくきづいたわね！　でも、この剣はシリウスのものよりすぐれているのよ。なんたって、じゃじゃーん！」

私は効果音とともに鞘から剣型の大きな飴を引き出す。

「これは剣じゃなくてあめなのよ！　おなかがすいたらずーっとなめておけるの」

シリウスの剣を模したものが実は飴だったというのは、彼の予想を超えていたようで、シリウスは驚愕した表情で私の飴を眺めた。

「……料理長は努力の方向を間違っているな」

「え、なんですって？」

シリウスが呟いた声が低過ぎて聞き取れなかったため聞き返すと、彼は普段通りの声で言い直してくれた。

「さすがは料理長、一見しただけでは剣に見える見事な出来栄えだと言ったんだ」

「まあ、シリウスったらお目が高いわね！　それでね、私は今日、『一日シリウス』をするの」

シリウスは一瞬、私の言葉を吟味するかのように目を眇めたけれど、すぐに理解した様子で頷いた。

「……なるほど、お前の新しい遊びか。そのために服まで揃えるとは、なかなか凝っているな」

「あそび？　ううん、これはおしごとよ。ほら、この間、ファクトが『一日騎士団長』をしたでしょう？　あれのシリウス版よ」

分かりやすい言葉でシリウスの間違いを正したというのに、彼はもう一度言い方を変えて同じ質問をしてきた。

「ファクトの真似をして、お前が騎士たちと遊んでいるということだな？」

あら、珍しいこともあるものね。シリウスは自分の望む方向に誘導しようとしているわよ。

残念ながら、そちらの方向には行けないけど。

「いいえ、ずいぶん前におとー様とウェズン総長に話をしたの。2人からは『立派なシリウスを務めてくれ』って言われたわ」

そこでやっとシリウスは、『一日シリウス』が公的なものだと理解したようで、かっと目を見開いた。

「国王とウェズン総長に根回し済みだと!?　では、なぜ2人とも、オレに何も言ってこないのだ!!」

「え？」

「もちろんオレが反対して、計画自体を潰すと分かっていたからだろうな!!　……いい判断だ」

シリウスは自分の質問に自分で答えると、目を瞑って指で目頭を押さえた。

「シリウス?」

シリウスが疲れているように見えたので、どうしたのかしらと名前を呼ぶと、彼は目を開いて何でもないと首を横に振る。

「いや、それよりも、『一日シリウス』とは何をするのだ?」

「もちろん、シリウスがやっていることを全部代わりにするのよ!　まかせてちょうだい、私はずーっとシリウスをかんさつしていたから、何だって分かっているわ!」

背筋を伸ばして胸を叩くと、シリウスは何かに思い至ったような表情で私を見つめてきた。

「お前がここ1週間、毎日執務室に遊びに来ていたのはそういうことか!　執務室に置いてあるお菓子が気に入ったのかと思っていたが、とんだ勘違いだったようだな」

セラフィーナが普段にない行動をする時はもっと用心しないといけないな、とシリウスは呟くと頭を抱える。

彼はしばらくそのままの体勢でいたけれど、気持ちを切り替えた様子で頭を振ると、私に向かって手を伸ばしてきた。

それから、私を抱き上げると、彼の執務机に向かってすたすたと歩いていく。

「『一日シリウス』を今さら止められないことは理解した。そうであれば、……セラフィーナ副総長、まずは座ってくれ」

「ええ！」

やっとシリウスを始められるわと、嬉しくなった私は笑顔で返事をした。

そんな私を見て、シリウスは仕方がないなとばかりに苦笑しながら、執務用の椅子に下ろしてくれたのだけれど、座ってみると彼の机は私の顎まであった。

まあ、この机は顎置きにちょうどいいわね、と執務机に顎を乗せた姿勢のまま、近くに置いてあった書類を1枚摑む。

護衛に就いていたミラクが「姫君」と咎めるような声を出したけれど、今日の私はシリウスなので、返事をしないでおく。

最近は家庭教師の先生に褒めてもらうことが増えたから、少しくらい難しい言葉が書いてあっても大丈夫のはずよ、と思いながら書類に目をやったけれど、なぜかその書類はアルテアガ帝国語で書いてあった。

「ああー、ざんねん！　私はゆうしゅうだから、ナーヴ王国語で書いてあればどんなしょるいだってよめたのに、帝国語だけはムリだわー」

大きな声で独り言を言うと、書類を読むことを潔く諦める。

代わりに、偉い人らしくペンを持ってみようと手を伸ばしたけれど、ペン立てが置かれている位置が椅子から遠過ぎて、手が届かなかった。

ぐぎぎ……と必死に手を伸ばしていると、ノックの音がして、扉からカノープスが入ってくる。

「セラフィーナ様、タスキをお忘れです」

その言葉とともに、『一日シリウス』と大きく書かれたタスキを渡されたので、右肩から反対側の腰に向かってかけてみた。

「ありがとう、カノープス」

笑みを浮かべる私とは対照的に、シリウスは禍々(まがまが)しいものでも見るような目で私のタスキを見つめると、鋭い声で質問する。

「カノープス、この『一日シリウス』が適用される範囲は騎士団のみだな？　あくまで騎士団内部における気付きと広報が目的だな？」

「はい、その通りです！　ファクトの時のように国民に広報するための取り組みとは異なり、今回は騎士団内のみにおける取り組みです。セラフィーナ様を国民向けに露出させることに、陛下が難色を示されましたので」

「珍しくいい判断だ」

シリウスはぼそりと零すと、必死でペンを取ろうとしている私を横目に見ながら手を伸ばしてきた。

それから、私を抱え上げて椅子から下ろす。

「せっかくオレの業務を代行するのであれば、書類仕事は止めて外へ行くのはどうだ。室内に閉じ籠もっていたら退屈だろう」

「分かったわ！」

あれほど苦労してもペン1本取れなかったのだから、どうやら私に書類仕事は向いていないようだ。

そうであれば、戸外で頑張るべきね。

そう考えて元気よく返事をすると、シリウスと一緒に騎士たちの訓練場に行くことにしたのだった。


訓練場では、多くの騎士たちが訓練をしていた。

シリウスと一緒に現れた私を見て、騎士たちは手を止めないまま視線を向けてきたけれど、私がかけているタスキの文字を読んだとたん、用心深い顔をして遠ざかっていく。

まあ、訓練の手を止めずに少しずつ遠ざかるってすごい技術だわ。

というか、そこまでして距離を取りたいほど、このシリウス＝セラフィーナ騎士団副総長に恐れをなしているのかしら。

私はにまりとした表情を浮かべると、これ以上逃げられないようにと、とととっと騎士たちに近付いていって大きな声を出した。

「さあ、けいこをつけてあげるわ！　このシリウス＝セラフィーナと手合わせをしたい者はいるかしら？」

「…………」

「…………」

「…………」

あれ、聞こえなかったのかしら？　誰も訓練の手を止めないし、希望者が1人もいないわよ。

おかしいわね。シリウスが同じことを言った時には、その場にいた騎士全員が入れ代わり立ち代わりシリウスの前に並んでいたのに。

小首を傾げていると、シリウスがつんと足を地面に打ち付けた。

その音にびっくりしたのか、騎士たちはびくりと体を跳ねさせると、諦めた表情をして私の前に来る。

「……姫君、これはまた可愛らしい騎士服ですね。宣言した通りシリウス副総長の役どころをやられるとは、ものすごい行動力です。冗談で終わってくれればと祈っていましたが、やはりそう上手くはいきませんね」

「はは、は、オレは常日頃から副総長がもっと優しくならないかな、なーんて考えていましたが、お優しい姫君が副総長役になられた姿を見た途端、自分の考えの浅はかさを知りました」

ファクトとシェアトががっくりと項垂れながらそう言うと、隣にいるミアプラキドスが言葉を引き取る。

「ミニ副総長を間違って怪我でもさせたりしたら、リアル副総長から100万倍になって返ってくること間違いありません。よかったらその腰に佩いた剣を使用するのは止めてもらっていいですかね。オレがそこら辺で木の棒を拾ってきますから」

「ミアプラキドスったら、お目が低いわね！　じゃじゃーん、これは剣ではなくキャンディーなのよ！」

腰から抜いてみせ、ついでにぺろぺろと剣型のキャンディーを舐めていると、ミアプラキドスは絶句した。

「…………」

うふふ、ミアプラキドスったらまだまだ甘いわね。世の中は驚きで満ちているのよ！

「ミニ副総長が平和そうでよかったです。それでは、大事なキャンディーを汚すわけにはいきませんので、今日のところはこちらを使用してもらっていいですか」

ミラクがその言葉とともに、紙をくるくると細く丸めて棒状にしたものを差し出してくる。

「さすが、ミラク！　お前はやる時はやる男だな!!」

「これじゃあ姫君も怪我をしようがないぞ!!」

歓声を上げる騎士たちを、私はじろりと睨みつけた。

「まあ、この一日シリウスは強いわよ！　私にけがをさせられないかと心配するべきじゃないかしら」

そう宣言すると、私は紙くるくる剣で騎士たちと戦ったのだった。

汗びっしょりになった後、私は本来の目的を思い出して、シリウスになったつもりで皆を褒めた。

「あー、楽しかったわ！　じゃなくて、みんなすごく強いのね！　さすがは近衛騎士だわ!!」

「「「ありがとうございます!!」」」

皆が笑顔でお礼を言ってきたので、私もにこりと笑みを浮かべる。

「このシリウス＝セラフィーナがいつものシリウスに代わってほめるけど、本当はいつだってみんなのことをすばらしい騎士だと思っているのよ。そうでしょう、シリウス？」

確認するかのようにシリウスを振り返ると、彼は肩を竦めた。

「そうでなければ、近衛騎士に任命しない」

「「「シ、シリウス副総長!!」」」

シリウスは滅多に相手を褒めることがないので、彼の言葉を聞いた騎士たちはぐっときたようだ。

感激して目を潤ませる騎士たちを見て、シリウスが皆を頼りにしている気持ちが少しは伝わったかしらと、私は嬉しくなったのだった。

訓練の次は、城内の点検をすることになった。

外敵から侵入される恐れがある場所や、城の使用者に危険な場所がないかを確認する大事な仕事らしい。

「あーっ、見たことがないちょうちょを見つけたわ！」

「ここは日当たりがいいから、お昼寝をしたら気持ちよさそうね」

「わあ、よろいがかざってあるわ！　これはかくれんぼをするのにさいてきな場所じゃないの」

これまで知らなかった城内のことを色々と知れたので、城内点検は大いなる収穫があった。


さらに、食堂にて料理を点検する。

「セラフィーナ、騎士団長以上の食堂はこっちだ」

「ううーん、私はこっちで食べてみたいわ」

今日の目的は、私が『一日シリウス』をすることで多くの者の関心を集め、シリウスのすごさを皆に再認識してもらうことだ。

そうであれば、多くの騎士たちがいる一般騎士用の食堂に行くべきだろう。

シリウスとともに一般騎士用の食堂に足を踏み入れると、それまでざわついていた空間がしんと静まり返った。

全員に注目される中、私はにっこりと笑みを浮かべる。

「食堂にごはんを食べに来たの！」

ちょうど入り口近くに、トレーに料理を載せ終えたばかりのファクトとシェアトがいたのだけれど、2人は素早くトレーを差し出してきた。

「ちょうどお2方のお食事が準備できたところです」

「お席はこちらでいいですか？」

まあ、自分たちが食べるためのトレーだったでしょうに、2人とも如才ないわね。

そう思ったものの、トレーに載ったお肉が美味しそうだったので、いただくことにする。

「恐れ多いので、別の席で食べます」と遠慮するファクトとシェアトだったけれど、周りの騎士たちの勧めもあって、結局は私たちと同じテーブルに着いた。

「くそっ、あいつら覚えておけよ」

「人身御供（ひとみごくう）に差し出すとは何て連中だ」

2人は小声でぶつぶつと何事かを呟いていたけれど、美味しいご飯を食べること以上に大事な内容ではないわよね、と聞き流すことにする。

今日のお肉はナイフとフォークを使わずに、骨の部分を手で掴んで食べるらしい。

まあ、面白そうねと思ったけれど、試してみたところ、あまりお肉が口の中に入らないし、ほっぺがソースでべたべたに汚れてしまう。

「あれ？」

不思議に思っている間に、シリウスが小さくお肉を切って、口に入れてくれた。

それから、汚れた頬をナプキンで拭いてくれる。

そんな私たちを食堂中の騎士たちがびっくりした様子で見つめていたので、私は大きな声でシリウスの優しさをアピールした。

「シリウス、ありがとう！　いつも通り、とってもとっても優しいわね!!」

今日はシリウスのすごさを知ってもらうことが目的だったけど、優しいことを知ってもらうことも大事よね、と思いながら。

最初は静まり返っていた食堂だったけれど、いつの間にか少しずつ騒がしくなり、ちらちらとシリウスを見ていた騎士たちの視線もどんどん少なくなっていった。

そのため、騎士たちは優しいシリウスに慣れてきたのじゃないかしら、と私はとっても嬉しくなったのだった。

◇　◇　◇

そんなこんなで、一仕事も二仕事も終えてシリウスの執務室に戻った私は、ふうと大きなため息をついた。

すると、シリウスからさり気なく質問される。

「セラフィーナ、疲れただろう。そろそろ昼寝の時間じゃないか？」

「一日シリウスはおひるねなんてしないわ」

実際には少し眠くなってきたのだけれど、無理して目を見開くとそう言い返す。

「そうか。だったら書類仕事をしてみるか？」

普段であれば、もう一度くらい昼寝を勧めてくるところなのに、あっさりと引いたシリウスに怪しさを覚える。

じとりと見つめたちょうどその時、騎士の1人が一抱えの書類を持ってきた。

その騎士は元からあった書類の横に、新たな書類を積み上げる。

その結果、シリウスの執務机の上には、朝に見た時の数倍の量の書類が積み上げられた。

「あれはなあに？」

「処理すべき書類だ。本来であれば騎士団総長が決裁すべき書類だが、時にオレのところに回されることがある」

その言葉を聞いて、ミラクの話を思い出す。

「シリウス、この間ミラクが、ウェズン総長のしょるいはいつだってシリウスに回されるって言っていたわ」

「確かにその傾向はあるな。誰にだって得手不得手があるからな」

さらりと返されたところで、ふと興味が湧く。

「シリウスのふえてなものって何かしら？」

シリウスは無言で私を見つめた後、おかしそうに微笑んだ。

「お前がそれを聞くのか。もちろん、オレの不得手なものはセラフィーナだ」

「えっ、とくいなものじゃないの？」

びっくりして聞き返すと、声を出して笑われる。

「ははは、そう思ってもらえたのなら光栄だ。だが、お前ほど予想がつかなくて、オレの理解の外にいる存在は他にいない」

「子どもだから？」

思い当たることがあって尋ねると、そうではないと首を横に振られた。

「恐らく違うな。お前が大人になったとしても、お前の言動を予測できる未来が見えないからな」

「うふふふふー、おねー様が言っていたわ。ミステリアスな女性ってのに、男性は弱いものだって」

もしかして私は、おねー様が目指しているというミステリアスな女性なのかしら、と嬉しくなる。

けれど、シリウスは顔をしかめた。

「ミステリアス……お前はそんな、どこにでもいるような存在ではないだろう。そんな簡単な者なら、オレがこれほど苦労するものか」

シリウスはくしゃりと髪をかき上げると、はあっと大きなため息をついた。

「たとえ1日だけとはいえ、オレになろうと思うような存在をオレは他に知らない」

「そうね、シリウスは大変だから、みんななりたがらないかもしれないわね。『一日シリウス』をやってみて、やっぱりシリウスでいることはすごく大変だって分かったもの。こんなことを毎日やっているなんて、シリウスはすごいわ」

真顔でそう言うと、シリウスはまじまじと私を見つめてくる。

「それから、……オレを褒めてくれる者はお前くらいだ」

「えっ、そうなの？」

初めて聞いた話にびっくりしたものの、私はシリウスに向かって言葉を続けた。

「シリウス、もしもがんばっているかどうか分からなくなったら、私にたずねてね。そうしたら、何回だって、シリウスはすごいってくりかえすから」

シリウスは私をまじまじと見た後、何とも言いがたい表情で唇を歪める。

「……本当に、お前はミステリアスといった、どこにでもいる存在ではないな。世界に1人しかいない、オレになくてはならない者だ」

「私にとってもシリウスはとっても大切で、なくてはならない人だわ」

シリウスの言葉が嬉しくて、同じ言葉を彼に返すと、シリウスは嬉しそうに顔をほころばせた。

「そうか、お前がそう思ってくれるのだとしたらそれで十分だ」

シリウスはそう言ったけれど、それではダメなのよと心の中で言い返す。

シリウスは素晴らしいのだから、もっともっとそのことを皆に知ってもらわないと。

だから、私が一日シリウスをもっと頑張って、皆の注目を集めて、シリウスの大切さを再認識してもらわないといけないわ。

そう考え、今度は書類仕事をやってみようとしたのだけれど……

「うぐ、これはナーヴ王国語で書かれているのに、ちっとも意味が分からないわ。知らなかった。世の中にはこんなにむずかしい単語がたくさんあったのね……」

お昼に美味しいものをたくさん食べたからなのか、普段のお昼寝の時間になったからなのか、それとも、ちっとも分からない書類を見ていたからなのか、何だかとっても眠くなる。

ちょっとだけ、ちょっとだけゆっくり瞬きをしてみよう……と思ったところで、私の記憶は途切れてしまった。

「やはり、面白くもない書類を読ませたら眠るものだな」

夢の中でシリウスの声が聞こえてくる。

「普段のお昼寝の時間もちょうどこのくらいですので」

続いて、シリウスに答えるカノープスの声も聞こえてきた。

「いくら1日だけとはいえ、セラフィーナは何だってオレになろうと考えたんだ？」

独り言のように呟くシリウスに、カノープスが生真面目な声で答える。

「ファクトが『一日騎士団長』を務めた際、広報を目的に行われるものだという話を聞きつけたからです。いつもと違う者が業務を行うことで皆の興味を引き、多くの関心を集めることができるので、改めてその業務の大切さを見直すことができるとの説明を受け、シリウス副総長に高い価値があることを証明するのだと宣言されました」

「オレのためだったのか？　セラフィーナ、お前は……」

その言葉とともに、私はシリウスの腕の中に抱き上げられる。

気持ちがいいわね、とにまにましていると、一転してシリウスの呆れたような声が降ってきた。

「セラフィーナ、誰か分からない者に抱えられたというのに、なぜにやにやしているのだ。お前は簡単に攫われそうだな」

まあ、シリウスだって分かっていたから、にまにましただけなのに。

「シリウスだって分かっているからよ。……みんなもすぐに分かるわ。シリウスがどんなにがんばっていて、すごいのかって……」

眠りかけながらも、これだけは言わなければと何とか口を動かす。

けれど、その一言を口にしたことで、全ての力を使い果たしてしまったようで、私は再び眠りの世界に落ちていった。はずだけれど……

「お前がこれだけやってくれたのだから、オレは立派であり続けなければいけないな」

夢の中で、そんな優しい声が聞こえた気がした。

それから1週間後。

『一日シリウス』の効果は出たかしらと、騎士団内をうろうろしてみたけれど、シリウスに接する騎士たちの態度に変化は見られなかった。

まあ、効果がなかったのかしらとしょんぼりしていると、カノープスが耳打ちしてくれる。

「セラフィーナ様、シリウス副総長がご立派で努力家であることは、私たちの誰もが理解していま す。さらに先日、姫君が身をもってそのことをお示しくださったため、最近の騎士たちは身が引き締まる思いで、副総長のご負担を少しでも減らそうと、いつも以上に頑張っております」

「そうなのね！」

私の目には普段通りに見えたけれど、カノープスがそう言うのならば、皆はシリウスの頑張りを理解してくれたのだろう。

「うふふふ、だったら、今後は毎年、『一日シリウス』をやるわね！」

私がにぎりこぶしを作りながら宣言したところ……なぜか遠巻きにしていた騎士たちが顔をしかめるのが見えた。

それから、皆は声を揃えて頼んできた。

「「「副総長のありがたみは十分分かっておりますので、これ以上姫君にご足労をおかけするわけにはいきません!!」」」

「まあ、私の騎士たちがいつになくけんきょだわ！　これも私の『一日シリウス』の効果かしら？」

そう考えた私は、来年も『一日シリウス』をすることを決意したのだった。

【ＳＩＤＥオリーゴー】初代精霊王の金の瞳

《王、また泣いていたのですか？》

呆れたような声が背後で響いたため、内心むっとしながら、振り返ることなくそのままの体勢で返事をした。

《そうだよ。だから、そっとしておいてくれないかな。私は今、感動で胸が張り裂けそうになっているのだから》

すると、しばらくの沈黙の後、再び声がかかる。

私の側近であるウェントゥスの訝し気な声が。

《……感動で胸が張り裂けそうですって？　奥方様が天に昇られて以降、奥方様への哀悼と恋慕以外、何一つ王の心が動くことはなかったというのに、それ以外の感情が湧いたなんてことがありますかね？》

《私を心ない精霊のように言うのは止めてくれ。もちろん私にも心があるから、新たに心が動かされることくらいあるに決まっている！》

再び沈黙が続いた後、考えるかのようなウェントゥスの声が響いた。

《数日前、王はこの宮殿に外部から客人を招き入れましたよね。以前は王の子どもや孫がこの宮殿を訪れていましたが、ここ100年ほどの間は、誰一人として訪れることはありませんでした。……この宮殿に入ることができたということは、王の血族ですか？　もしかして奥方様に似ておられました？》

本当にこいつは勘がいいな。

しかし、疑問に思ったことを何でも尋ねていいわけではないぞ。

ルーンティアのことを考えるだけで、私は未だに悲しくなるのだから、むやみやたらに彼女のことを想起させるような質問をするんじゃない。

私は側近を振り返ると、激した調子で質問に答える。

《お前は本当にデリカシーがないな！　……ああ、ああ、その通りだ！　ルーンティアそっくりの私たちの子孫が、私を訪ねてきてくれたんだ。しかも、彼女は私の瞳を持っていた》

私の言葉を聞いた精霊は、嬉しそうな声を上げた。

《それはおめでとうございます。いくばくかの祝福が宿っているといいですね》

ちっとも分かっていない様子で微笑む側近を、私はじろりと睨みつける。

《お前は全然分かっていない。いいか、よく聞け。これまでの子孫たちのような金色っぽい瞳ではなく、私の瞳を持っていたのだ》

私の言葉を聞いたウェントゥスは、驚愕した様子で一歩後ろに下がった。
《まさかそんな！　人の子が王の瞳を受け継げるはずがありません》
彼があまりに驚いた様子だったため、私は得意になって胸を張る。
《普通ならそうだ。だが、彼女は稀に見る魔力の持ち主だった。しかも、精霊の言葉を話すことができたのだ》
ウェントゥスはさらに驚愕した様子で、かすれた声を上げた。
《せ、精霊の言葉を話したですって!?》
《彼女はごく幼い頃から、精霊たちと多くの時間を過ごしてきたらしい。だからこそ、精霊の生き方が……呼吸法と言うのかな、精霊として過ごす方法を取得したのだろう。ふふ、彼女は最近まで目が塞がれていたらしいが、それは精霊たちの声が聞こえるように、精霊王が塞いでいたのだと考えていたよ》
《それは……》
言い返す言葉がなかったのか、ウェントゥスは発言を我慢するかのように唇を噛みしめる。
それから、縋(すが)るように見つめてきたため、私が代わりに言葉を引き取った。
《彼女の目が塞がれていた理由は、精霊の言葉を聞き取ることができるようになるための時限的な祝福だったと、本人は考えていた。しかし、実際に目を塞いでいたのは彼女自身で、その理由は自身を守るためだ。私の瞳は人の子が持つには優れもの過ぎるから、体が耐えられない。そのため、

その目に何も映すことがないように自ら塞いでいたのだ》
《それが開いたのですから、その方は精霊のような呼吸をし、体中に魔力を流し、その瞳を持つ負荷に耐えられる体を持てたということですね。何ともご立派ではないですか》
《ああ、私の瞳だ。簡単に開くはずもないから、今代の精霊王が力を貸し、きっかけを与えたのだろうが……開いたということはお前の言う通り、時が満ちて、彼女の体が私の瞳を持つことに耐えられるようになったということだ》
私の言葉を聞いたウェントゥスは、感動した様子で目に涙を浮かべる。
《私たち『はじまりの精霊』は1人で完結してしまうので、伴侶を必要としません。しかし、王、あなたの能力は始祖の精霊たちの中でも突出していながら伴侶を求めた。奥方様が人であったため、王の子は全て人となり、その能力を継承することができませんでしたが、実のところ私はそのことを残念に思っていたのです》
私がルーンティアと結婚していた間、1度も漏らされなかった本音を口にされ、私は驚愕してウェントゥスを見つめた。
感激してはらはらと涙を零すウェントゥスの気持ちが理解できなくもなかったが、どうしても一言言っておきたくて、私は口を開いた。
《私とルーンティアの子どもたちは、全員優秀だったぞ》
ウェントゥスは顔を上げると、部分的に肯定してきた。

《人としてはですね。わずかながら王の能力も引き継いでおられましたから、人の中で比較すると間違いなく優秀だったでしょう。しかし、精霊の力は全然違います。ですから、私はとても嬉しいのです。ああ、その方に私からありったけの祝福をお与えしてもよろしいですか？》

《『はじまりの風』のお前の祝福だって？　それは大き過ぎるというものだ。待て、それはセラフィーナがもう少し大きくなってからだ》

ウェントゥスはこの世界に初めて吹いた風から生まれた。

その力は私に次ぐほど強大だ。

慌てて制止した私は、思わずセラフィーナの名前を口にしてしまったようで、ウェントゥスは嬉しそうに頬を赤らめた。

《セラフィーナ様というのですね、素晴らしいお名前です。ふふふ、ところで、王の瞳には何が映ります？　たとえばその生物の寿命だとか、その生物の弱点ですか？》

《……たとえお前が言うようなものが視えるとしても、ものすごく意識を集中した時だけだ》

《その能力の半分でも受け継いでいるとしたら、とんでもないことですよ。そして、精霊の言葉を会得したような方でしたら、いずれその能力を扱えるようになるのでしょうね。ふふふ……素晴らしいことです。王の力が次代に継承されていくなんて》

そうだろうか。私の力は強大過ぎるから、セラフィーナが持つ必要がないもののように思われる。

《大きな力を持ってしまったら、その力を使わざるを得なくなる。この力を持つことが、あの子の

ためになるかどうかは分からない》

《でしたら、光にはかなく溶けてしまうなどと言わず、もうしばらくこの世界に留まって、セラフィーナ様の行く末を見届けられたらいいじゃないですか》

ウェントゥスはそう言うと、力強く微笑んだ。

《少なくとも私は、このまま王とともに世界に溶けようという気持ちはなくなりました。王の継承者をお守りせねばいけませんからね》

《お前……》

私に対する何という忠誠心の低さだ。

そうは思ったものの、ウェントゥスは有能で優秀だから、セラフィーナの守護に就くのならば間違いないという気持ちになる。

《しかし、彼女の側には既に精霊がいたから、お前と契約しないかもしれないぞ》

《それはそれで仕方がありませんし、やりようはいくらでもあります》

うーん、ウェントゥスは策略家なんだよな。

《セラフィーナの意に反した行動を強制するなよ》

《もちろんです》

ウェントゥスが満足気な表情を浮かべたのを見て、私はこっそりため息をつく。

……ああ、精霊の執着は強い。

私は心の中で、私の策略家の側近の関心を引いてしまったことを、セラフィーナに謝罪したのだった。

あとがき

本巻をお手に取っていただきありがとうございます！

おかげさまで、本シリーズも4巻目になりました。

前巻の続きのガレ金葉編ですが、本巻カバーのような楽しいエンディングを迎えることができました。とっても温かくて、見ていて楽しくなるイラストですね！

ありがたいことに、今回もchibiさんが素晴らしいイラストを描いてくれました。

セラフィーナが抱える籠に、ガレ金葉をたくさん詰めてもらったので、後述するお祝いを兼ねて、今回は帯を金色にしてもらいました。金色はやっぱり素敵ですね。

chibiさん、今回も素敵なイラストをありがとうございます!!

カバー袖にも書きましたが、何と「このライトノベルがすごい！２０２４」の単行本・ノベルズ部門で、大聖女本編が2位、大聖女ＺＥＲＯが21位にランクインしました！　ひとえに読者の皆様のおかげです。本当にありがとうございます!!

ちなみに、私は別レーベルで『悪役令嬢は溺愛ルートに入りました!?』という小説を書いていまして、こちらも同ランキングで3位を獲得しています。ほんっとうにすごいことですね。

お祝いとして、本作&溺愛ルートの帯に互いの作品を掲載してもらいました。

出版社を超えたコラボ企画です。実現してとっても嬉しいです。ありがとうございます!!

ちょっとご紹介させていただきますと、『悪役令嬢は溺愛ルートに入りました!?』は、乙女ゲームの悪役令嬢に転生した主人公が、『世界でただ一人の魔法使い』として、恋に魔法にと頑張る話です。このラノで3位を取った作品ですので、面白さは折り紙付きです(自分で言ってみた)。コミカライズもしていますので、ぜひ読んでみてください!

コミカライズと言えば、本作品のコミックス第1巻が発売されました!

ノベルの前巻が出た後に連載がスタートしたのですが、漫画家の海楠さんの頑張りで、ノベル本巻の刊行に合わせてコミックスを発売いただいたんですね。

えっ、いつの間に!? と一番驚いているのは私でしょう。

とっても可愛らしくて面白い一冊になっていますので、ぜひ読んでみてください。

ちなみに、大聖女本編のコミックス第10巻も同日刊行されています。こちらはとうとう2桁巻に突入しました! 漫画家の青辺マヒトさん、おめでとうございます!!

こちらもすごく面白いので、どうぞ読んでみてください。

最後になりましたが、ここまで読んでいただきありがとうございます。

本作品が形になることにご尽力いただいた皆さま、読んでいただいた皆さま、どうもありがとうございます。

今回はなかなか筆が進まず、最後の手段としてお正月の３日間を使って書き上げました。無事にお届けすることができ、ほっと胸を撫で下ろしています。

どうぞ、お楽しみいただけますように。

小説投稿サイト
小説家になろう
第6回
アース・スターノベル大賞
Earth Star Novel Awards 6th 2024
©Suzunosuke
※小説家になろうは、株式会社ヒナプロジェクトの登録商標です。
※第6回アース・スターノベル大賞はアース・スターノベル、アース・スタールナと小説家になろうの合同企画です。
詳細はこちらから▶

婚約破棄されたので辺境で家族と
仲良くスローライフを送るはずが……
なぜか
前世知識でモノづくり&
ビジネスライフ!?

戦国小町苦労譚
転生した大聖女は、
聖女であることをひた隠す
領民0人スタートの
辺境領主様
ヘルモード
～やり込み好きのゲーマーは
廃設定の異世界で無双する～
二度転生した少年は
Sランク冒険者として平穏に過ごす
～前世が賢者で英雄だったボクは
来世では地味に生きる～
俺は全てを【パリイ】する
～逆勘違いの世界最強は
冒険者になりたい～
反逆のソウルイーター
～弱者は不要といわれて
剣聖(父)に追放されました～
毎月15日刊行!!
最新情報は
こちら

転生した大聖女は、聖女であることをひた隠す ZERO 4

発行 ―――――――――― 2024年3月15日　初版第1刷発行

著者 ―――――――――― 十夜

イラストレーター ―――― chibi

装丁デザイン ―――――― 村田慧太朗（VOLARE inc.）

発行者 ――――――――― 幕内和博

編集 ―――――――――― 今井辰実

発行所 ――――――――― 株式会社アース・スター エンターテイメント
〒141-0021　東京都品川区上大崎3-1-1
目黒セントラルスクエア　7F
TEL：03-5561-7630
FAX：03-5561-7632

印刷・製本 ―――――――― 図書印刷株式会社

ISBN 978-4-8030-1922-3